群青界からの贈り物

——冷たい愛 レスト イン ピース

磯路範子
ISOJI Noriko

文芸社

目次

群青界からの贈り物
―冷たい愛　レスト イン ピース

Case 1

最期の言葉は「シニガハチ」
死亡事故を起こした高齢運転者が謎の突然死

六月二日午後二時頃、萩原食品株式会社の萩原英雄会長は、運転中、東京都品川区の路上で死亡事故を引き起こした。

事故を起こしたときに頭を打った萩原会長は、脳の精密検査を受ける目的でK病院に入院した。頭蓋骨や脳内組織が損傷を受けていないか、あるいは血腫ができていないかなどを念のために調べるためであった。

二日の深夜、萩原会長がベッド上で急に騒ぎ始めた。同室の入院患者が驚き、ナースコールで看護師に連絡した。その彼はこう話す。

「急に喚《わめ》きだしたんです。『やめろ！　出て行け！』って。ものすごい形相でしたね。全身が激しく震えていました」

医師や看護師が駆け付け、会長の心臓にマッサージや電気ショックを行った。しかし、その甲斐もなく会長の死亡が確認された。
「私は別の病院で看護師をしております。父は健康に気を付けており、つい最近、人間ドックを受診しました。心臓の既往症はなかったのですが、心電図検査、心エコー検査、胸部X線撮影やCT検査も受けました。父の心臓組織や機能は正常でした」（会長の娘）
夫の突然死に驚きを隠せない会長夫人はこう語る。
「検査だけの入院で元気でしたのに、どうして……」
「萩原さんはすごく元気でしたよ。『アクセルとブレーキを踏み間違えた記憶はない。そこまで老いぼれてはいない』と怒鳴っていました。それから、病院の個室が空いていなかったことにもすごく腹を立てていましたね」（同室の入院患者）
「事故を起こした衝撃があまりに大きかったために、会長は急死したと報道した新聞がありますよね。でも、それは違うでしょう。二日の夜七時頃お会いしたけど、会長はまったく落ち込んでいなかったと思いますよ。『ブレーキの不具合だから、自動車メーカーが責任を取るべきだ』と会長は主張していました。自分を責めてはいませんでした。事故で亡くなった方々へのお詫びの言葉もなかったですよ」（見舞い客）

「最期に言われた言葉は『シニガハチ』でした」（同室の入院患者）

元気だった会長の心臓は、なぜ急に停止したのか？「シニガハチ」とは何なのか？　会長は最期に「四二が八」と掛け算をしたのか？　それは何を意味するのだろうか？　会長の突然死は謎に包まれている。

（『週刊スッタモンダナ』六月十日号）

使者・八神

俺は八神《やがみ》だ。群青界からの使者である。我が神様から命令を受けると、ある人の脳内に入り込む。その人を幸せにすること、そしてその人を苦しみから救うことが俺の任務だ。

今、酒井翔子《さかいしょうこ》の脳内にいる。彼女の脳は俺の出現に狼狽している。神経細胞たちは異物が入ったという情報をすばやく処理し、電気信号を発している。言語中枢にある細胞たちが寸暇を惜しむように言葉を飛ばしている。これらの言葉は三つのグループに分類できる。その各グループを一言で要約すると、「何?」「嫌!」「変!」となる。

脳内に入るといつでも、神経細胞の精密で激烈な活動に心打たれる。脳は千数百億もの神経細胞から構成される巨大ネットワークだ。すばらしい。

さあ、任務遂行だ。翔子を幸せにしてやる。

「私は八神です。翔子さん、落ち着いてください」

これまで多くの人の脳内に入り込んだが、「八神さん、初めまして」と冷静に挨拶した脳に会ったことがない。「落ち着いてください」と俺が言ったことで、α波を出すほどリラックス状態になった脳も皆無だ。翔子の言語中枢の神経細胞たちはかなり興奮している。

「あなた、誰？　あ、八神さんね。いや、名前なんてどうでもいいの。そうじゃなくって、あなたって何？　その変な姿！」

変な姿だと？　俺は間違っていたのか？　ふむ、そうか。変な姿を形作って、翔子の脳内に入ったのか。若い女を怖がらせないようにと、容姿には気を使ったつもりだった。人間界の、特に日本の女は可愛いものが好きだと聞いていた。だから、思わず抱きしめたくなるような、丸っこい身体をこしらえたはずだ。くりくりとした大きな目とあどけない顔を作ったつもりだ。しかし、なぜか不気味に見えるらしい。全身黒ずくめの服装のせいか？　シャツ、タイ、スーツそしてフード付きマントは仕事着で、それらはカラスの羽根のような黒い光沢を持つ。ふむ、確かに不気味ではあるな。
「翔子さん、大丈夫ですよ。あなたは夢を見ているのです」

夢を見ている——これは俺の常套句だ。脳内に入り込んだ理由を絶対に言わない。夢なら何でも起こり得ると人は考える。夢だと納得したのか、翔子の脳は少し落ち着きを取り戻す。そして、言語中枢にある細胞たちが「タピオカキャラのつもり？」と俺をからかう言葉を放つ。タピオカキャラ？　いや、そんなつもりはないぞ。ほう、そうか。日本にはご当地キャラがいると聞いていたが、タピオカキャラもいるのか？　まあ、いい。さて、始めるぞ。

「今から、夜間飛行をいたしましょう」

翔子の脳内で神経細胞たちが俺の提案に激しく反応する。「どうせ遊園地にある飛行機か紙飛行機に乗るだけでしょう」と冷ややかに情報処理をする細胞がいる。しかし、「わあ、いい夢ね」と喜びの反応をしている細胞が圧倒的多数だ。よし、いいぞ。

この提案は、翔子の脳から一瞬で得た情報に基づいている。彼女は飛行機に乗りたいと切望している。電車に乗るような気軽さで飛行機に乗る人々を羨ましく思っている。短大時代の同級生たちに「嘘ぉ！　今どき、飛行機に乗ったことがない人なんているの?」と小馬鹿にされたことが悔しかった。「そんなことで人を小馬鹿にする女は大馬鹿だと思えよ」――おっと、俺の意見はどうでもいい。新婚旅行で飛行機に乗れると期待した。しかし夫が飛行機に乗るのを怖がったため、新幹線で温泉地に行ったことも残念だった。

さあ、夜間飛行で幸せな気持ちになってもらおう。翔子はユーチューブの動画で飛行場の様子や飛行機の姿を何度も見た。それに、ウェブサイトの記事から飛行機の乗り方についても学んだ。だから、まるで実体験したことのように、それらは脳内の海馬という場所に記憶されている。俺はその記憶をよみがえらせてゆく。

今、翔子の脳は飛行機に乗る擬似体験を始める。チェックインをしてチケットを受け取る。スーツケースを預ける。保安検査場でドキドキする。セキュリティーゲートを無事に通過する。髪や肌の色が違う旅行者が行き交う出発ロビーを歩く。搭乗券に書かれているゲート番号を確認し、そこに向かう。英語のアナウンスを聞く（彼女の脳はそのアナウンスを「アテンションプリーズ、ペラペラ」としか処理していない。しかし、それは英語っぽく聞こえる。いいぞ）。大きなガラス窓から、迫力のある飛行機の姿を見る。彼女の言語中枢から「やっぱり飛行機はすてき」とか、「こんなにきれいな姿なのね」という感激の言葉が飛び交う。

夜の滑走路の動画も翔子のお気に入りだ。俺は記憶されている動画データを引き出し、彼女の脳内スクリーンに映す。白、赤、緑や青のライトが、きれいに並んだ宝石のようだ。滑走路に続く夜空に、ダイヤのような星が輝いている。このリアル感いっぱいの、しかも幻想的な情景で、彼女の脳内に驚異的な変化が起きている。

脳内に分泌されるホルモンや神経伝達物質など、百種類以上の脳内物質が心身の健康を維持するために働いている。今、翔子の脳内では心を躍らせる物質であるドーパミンや幸せホルモンと呼ばれているセロトニンがたくさん放出されている。さらに、脳の奥にある線条体という場所でやる気スイッチがオンとなっている。

「アテンションプリーズ。この度は、八神航空をご利用いただきまして誠にありがとうございます。お客様はパスポートと搭乗券をご用意の上、十番ゲートよりご搭乗くださいませ」

俺はグランドスタッフの口調で搭乗案内をした。擬似体験をしている翔子は、十番ゲートに向かって急いでいる。

翔子は本物のパスポートを持ったことがない。一応、パスポートについてネットで調べたようだ。しかし、海外に行くことをほぼ諦めたため真剣に見なかったのか、そのネット情報は不正確に記憶されている。やむを得ん。俺はそれを引き出す。

擬似体験中の翔子はそのおぼろげな記憶によるパスポートを手元に用意している。それは赤いパスポートだ。色は正しいぞ。しかし、日本国旅券と漢字で表示されていない。ふむ、そうか。本物のパスポートの表紙に印刷されている「旅券」の文字は古い書体で記号みたいだから、彼女はそれを覚えることができなかったのだろう。それに、そのパスポートの表紙に印刷されている紋章が菊ではない。それはテレビドラマ「水戸黄門」を見て記憶した葵の御紋だ。彼女の手元にあるパスポートは、本物とかなりかけ離れているな。まあ、それで搭乗してもらおう。

翔子は航空会社が提供するスイートクラスの記事をたくさん読んでいた。したがって、それらの記事の画像が海馬に貯蔵されている。俺はそれらの画像データを引き出す。よし、いいぞ。豪華なスイートクラスの座席に案内されていると翔子の神経細胞たちは興奮している。

俺は驚いたぜ。ホテルのスイートルームみたいじゃないか。バスルームがあり、シャワーを浴びることができる。翔子が訪問したウェブサイトの情報によると、スイートクラスのトイレの便座は、エコノミークラスのシートより座り心地がよいらしいな。こんな情報を載せるなよ。むかつくぜ。アメニティをはじめ、すべての物がブランド品だ。すごいな。座席は、柔らかな羽毛に包まれるような、ふかふかのダブルベッドにもなる。ふわふわのブランケットもある。大型画面のテレビがある。おお、そのヘッドホンまでブランド品だ。

「きゃあ！　この枕、柔らかい。パンダを触っているみたい」

翔子の脳内には「ランランルンルン」の喜びを与える物質の量が増えている。何だと？　柔らかい？　パンダ？　彼女はスイートクラスの枕やパンダを実際に触った経験がない。しかし、彼女の脳はそれらの感触を想像している。脳とはすごいものだ。

「ああ、何もかもすてきだわ。八神さん、お願いがあるの。何か音楽が聴きたいな……」

翔子は音楽が好きだ。クラシックから最新曲までたくさんの曲を聴き、本人もコーラスやカラオケで歌った。だから、多くの曲が脳内ライブラリーにストックされている。おお、クラシックではバッハの曲がお好みか。その曲の中で「G線上のアリア」をかなり聴いたというデータがある。よし、それを聴いてもらおう。

飛び立つ前に、想像上で高級シャンパンを勧める。翔子が得た情報によると、スイートクラスで提供されている酒は幻と称されるものばかりだ。シャンパンの輝く小さな泡が、細長いグラスの底から縦一列に立ち昇る。ビールの泡はおやじっぽいが、シャンパンの泡は乙女チックだ。

翔子の脳内飛行では、シートベルトの着用が必要ではない。しかし、半端でない飛行ムードを提供するため、シートベルト着用サインの画像データもポーンと引き出しておく。

翔子を乗せている、想像の世界の飛行機は滑走路を走る。いよいよ離陸だ。彼女はユーチューブの動画で迫力ある離陸の音を聞いている。俺はその記憶されている爆音を彼女の脳内に響かせる。すごいぞ！

翔子の脳はご満悦の様子である。さらに幸せにしてやる。さあ、機内食のサービスを開始する。

スイートクラスのテーブル画像が翔子の海馬に保存されている。だから、彼女の脳内でテーブルセッティングをすることは簡単だ。一流レストランにあるようなテーブルを用意し、おしゃれなテーブルクロスをかける。ピンクと白のバラの装花はエレガンスを演出している。

「翔子さん、和食と洋食のどちらをご用意いたしましょうか？」

「会席料理でもいい？」

翔子は日本食が大好きだ。その中で、会席料理は彼女にとって特別な日のための特別な料理である。冠婚葬祭の場で、そして旅行先の旅館で会席料理を楽しんだ経験がある。その上、ネットで掲載されている会席料理の写真をかなり記憶している。これだけのデータがあると十分だ。想像上であっても、かなりリアルに近い状態で豪華な料理を用意できる。

「もちろんでございます」

「それで、お願いがあるの」

「何なりとお申し付けください」

俺は、究極の接客テクニックを習得したキャビンアテンダントのように振る舞う。プリンセス扱いを受けたときに分泌する女性ホルモンが翔子の脳内で放出されている。そのホルモンの名前？　俺は知らん。科学者もまだ解明しとらん。

「日本産の松茸が食べたいの。だから、秋の会席料理がいいわ」

その理由は、「日本産の松茸は高いから、主人の給料では買えません」という経済的かつ単純なものだ。

さあ、秋の会席料理の記憶データを引き出そう。どのデータを選ぼうか。よし、朱色の半月盆に盛られた先付は、栗の毬《いが》の器に入った栗豆腐、枯葉に似せたカニ身入りのパイ、そして紅葉の形をした生麩《なまふ》だ。また、食前酒としてマスカット酒を選ぶ。翡翠《ひすい》色の甘い酒だ。しかし、翔子の脳内で「酒だ、酒だ！」と喜ぶ神経細胞はまったくない。甘い飲み物は酒じゃないのか？

「日本酒をご用意いたしましょうか？」

この俺の提案はかなりの刺激となった。翔子のアルコールウェルカム細胞たちは激しい興奮状態となる。おやじ女子と言われるほど、彼女は日本酒が大好きだ。冷酒、しかも甘口ではなく辛口の酒。現実の世界では禁酒中だ。夢を見ていると思う今、酒を楽しみたいのだろう。俺は桜色のグラスに最高級の日本酒を用意する。

そして次の料理だ。手鞠《てまり》の形をした秋刀魚《さんま》の寿司、菊の花の形をした大根、そして宝石のようなイクラの酢の物などを酒とともに楽しんでもらおう。

「ああ、いい夢。こんな夢なら、ずっと見ていたい……」

翔子の言語中枢から喜びの言葉がこぼれた。

向付、鯛《たい》、鮪《まぐろ》、秋刀魚の刺身とあしらい一式の後に、松茸の土瓶蒸しを用意した。いよいよ松茸だ。儀式のように恭《うやうや》しく猪口に出汁《だし》を注ぐ。想像上の会席料理と酒を楽しむ翔子の脳内には幸せホルモンがかなり放出されている。いい状態だ。

さてと、翔子を苦しみからそろそろ救わなければならない。彼女を幸せにすることだけが、俺の任務ではない。申し訳ないが、始めるか。

まずは脳幹から……。

「でも、私なんか――」

俺の動きが止まる。翔子の心の病気がお出ましになったわ。脳内に入った瞬時に、俺は彼女の病気を察知していた。この病気の名前を知らないので、『なんか病』とでも呼んでおこう。自己肯定感がゼロになる、つまり「私なんかダメなの」と激しく自己を卑下する厄介な病気だ。「俺は正しいぞ！」と主張する俺様系男子、それから「美しい私を見てね」と自賛する目的でインスタグラムなどに自撮り写真を載せる女子は、この病気にならない。

案の定だ。幸せホルモンや「ああ、嬉しいわ」という気分を与える物質たちが翔子の脳内で激減している。その一方で、陰陰滅滅の気分にさせるネガティブな脳内物質たちが増えている。やばいぞ。こいつらは、背中を突き飛ばすような勢いで「絶望のどん底に落ちろ！」という作用を発揮する。

ま、仕方があるまい。脳幹への移動を中止する。

「翔子さん、どうされました？」

俺はやさしく聞いた。翔子の気持ちを無視し、無理やりに任務を遂行することは厳禁だ。しかし、だ。本音を吐くと、俺はやさしい言葉をかけることが苦手だ。できれば、やさしさ抜きで一気にやってしまいたい。おっと、これは任務の話だ。いやらしい話では決してないぞ。

「私なんか、どうせダメなの。私なんか、どうせつまらないの――」

酒を飲む想像の世界で調子がよかったはずなのに、何で急にそう思うのだと翔子の脳を責めたりしてはいかん。それが『なんか病』の特徴だからだ。今まで鳴りを潜めていたのに、『なんか病』はそのかま首をいきなり持ち上げて本人に襲いかかる。

「他の女子って、明るくてキラキラしているじゃない。でも、私はその真逆。暗くって湿気女子――」

明るくてキラキラ女がいいのか？　雨雲が垂れ込めた空のように暗い女といる方が、落ち着く男もいるはずだ。しかし、それを述べたところで、この病気の薬餌にはならない。

「キラキラ女子になりたい。でも、無理ね。どうせ、私なんかブ……」

翔子の左脳にある言語中枢の神経細胞たちは、ブから始まる、ある言葉を伝達したくない。そりゃ、な。自分で自分をブスだと言うのは辛い。

「何ていうか、私なんか小顔じゃないし。顔面偏差値は低いし――」

なるほど、な。『なんか病』を患うと、世間の評価が正しいと信じる。世間が「いいね」をしたものだけに、自分も「いいね」をする症状が出る。同時に、世間の「いいね」から逸脱する自分を嫌悪する症状に苦しむ。

小顔が美人の条件だなんて、世間が勝手に決めた流行みたいなものだ。馬鹿馬鹿しい。流行に振り回されるな。顔がでかくても、他人に嫌われることはない。しかし、態度がでかいと、嫌われるぞ。それは改めた方がいい。他の使者に「お前は何様だと思っている」と怒られているのに、「俺様だと思っている」と答える俺は嫌な奴だ。

その上、何だ？　顔面偏差値だと？　顔の評価を数値化したものだと？　その値には客観性や一貫性があるのか？　実にくだらん。

「……私なんか」

翔子の脳は、スイートクラスで会席料理や酒を味わう想像の世界をもはや楽しんでいない。さてさて、彼女の不幸を取り除いてやろうか。彼女の脳内に存在できる時間を有効に使わなければならない。

翔子の両親は彼女の写真をたくさん撮り、成長記録としてアルバムに残したのだろう。彼女もそれらの写真を事あるごとに見た。それらの写真の記憶が、彼女の海馬や大脳皮質に保管されている。俺はそれらの記憶データを次々と取り出し、幼かった頃の彼女の姿を脳内スクリーンに映す。

「翔子さん、これらをご覧ください」

——赤ん坊だったときのふっくらとした顔。輝く瞳。七五三のときの笑顔。さらさらの髪。入学式のときの照れた顔。桃色の頬。

演出のため、脳内ミュージックステーションから背景音楽のピアノ曲を響かせている。

「や、やっだ！　何？　これ、私よね？　子どもだったときの」

「翔子さんですよ。可愛いですね」

　よし、いいぞ。翔子の脳内はポジティブ状態になってゆく。脳内の視床下部という場所で生成された愛情ホルモン、オキシトシンが下垂体後葉という部位から分泌されている。この神秘なるホルモンは多幸感をどんどんと与える。実にすばらしい。

「可愛い？　嘘。顔面コンプレックスをずっと持っていたのよ」

　顔面コンプレックス？　何だ、それ？　そんなコンプレックスは捨てろ。いいか、女は誰でも美しい。自然界が生み出した美だ。おっと、翔子に説教をしてしまうところだった。

　静止画だけでなく動画も映そう。記憶倉庫からどれを選び出そう。よし、翔子の父ちゃんが撮ったビデオ動画がいいぞ。彼女がコーラスの県大会に出場したときのものだ。彼女もこのビデオを何度も見た。だから、歌ったときにできた顔のシワまで、実に細かいところまで記憶している。

　輝いていた自分自身を動画で見ると、つまらない顔面コンプレックスを二度と持たなくなるはずだ。

「これは、高校生だったときの翔子さんですよ」

俺はその記憶動画を翔子の脳内スクリーンに映す。彼女は人と話すことが苦手だったが、歌うことが大好きだった。動画の中の彼女は、コーラス部員と一緒に歌っている。

「わあ、思い出したわ」

「翔子さんは美しい。輝いていらっしゃいます」

翔子の脳内では陶酔感をもたらすホルモン、エンドルフィンが放出されている。スクリーンの中で「アヴェ・マリア」を歌う彼女は熱中しているし、それを見る彼女の脳は酔いしれている。俺は画像加工アプリを使っていないぞ。人は一生懸命であるとき、間違いなくキラキラと輝く。その姿は美しい。

記憶動画を次々と映す。

――翔子はボイトレと呼ばれる発声練習をしている。課題曲を何度も聴いている。他の部員と一生懸命に歌う。

おお、これもすごいぞ。この動画も映そう。

――翔子が部員たちと一緒に体育会系のトレーニングをしている。彼女はランニングをする。ストレッチ体操をする。腹筋や背筋を鍛える。

「でも、私なんか――」

いきなり、だ。『なんか病』様が現れる。幸せなんか感じてもらっちゃ、困るのよと主張しながら、楽しい気分を平気でぶち壊す。これにて、エンドルフィンの放出もエンドだ。

「モテなかったし」

もちろん、重い物を持てなかったという意味ではないだろう。

翔子の海馬に保管されている「結婚までの道のり」というデータをすばやく読む。

翔子はときめく恋がしたかった。やさしい彼が欲しかった。だから、出会いの機会を大切にした。合コンには必ず参加した。男女混合合唱サークルへの出席状況は、無遅刻無欠席だった。独身男性社員が出席するなら、飲み会や旅行などの社内行事にも必ず出席した。

しかし、だ。男性に「付き合ってください」と交際を申し込まれたことはなかった。「好きです」と告白をされたこともなかった。とりあえず友達として付き合ったこともなかった。友達になるために、男性と連絡先の交換をしたことすらなかった。

結婚できないかもしれない――という不安が年齢とともにつのった。やさしい恋人より夫を探そうと決心した。熱烈な婚活を繰り広げた。無料の出会い系サイトに登録した。誰とも出会えなかった。お見合いパーティーや婚活ハイキングなどに参加した。しかし、男性参加者に無視された。専任のスタッフがサポートしてくれる結婚相談所に会員登録をした。その料金は高かったが、男性を次々と紹介してもらった。しかし、どの男性からも交際を申し込まれたことはなかった。モテない記録を更新していた。

その一方、「どうか娘にいい人を紹介してください」と彼女の両親は親戚や近所の方々に懇願していた。その身上書配布活動のお陰だった。彼女は今の夫と結婚できた。

俺がこの「結婚までの道のり」というデータを読み終えたとき、翔子の脳内で言語中枢の細胞たちが言葉を放った。

「やっと結婚できたけど、ね。それでも……。高校の三年間、山下君のことが本当に好きだった――」

結婚できたのなら、山下なんか忘れてしまえよ。忘れられないほど、いい男か？

俺の疑問に答えるように、山下の顔が翔子の脳内スクリーンにいきなり現れる。しかもドアップだ。彼女の大脳皮質と海馬が相互作用を起こし、彼に関するデータを想起したようだ。眉目秀麗。男らしい風采と同時に、整った顔立ちで女性的な美しさも持つ男子だ。彼の顔はまるで芸術作品だ。

山下友也《ともや》に関するデータを読む。

頭脳明晰（成績は学年で常にトップ）。筋肉が作る華麗でしなやかな身体。スポーツ万能（テニス部のエース）。家庭裕福（父親・山下友和《ともかず》は整形外科内科病院院長。母親・山下千恵《ちえ》は弁護士。自宅は大邸宅）。趣味はバイクでのツーリング。典型的な俺様系男子。

いやはや、ねつ造したのではないかと疑いたくなるような立派なデータだな。これじゃ性格も〝俺様〟になるわな。

こういう完璧な男は、男子生徒から間違いなく嫌われる。しかし、山下は男子生徒からも好かれていたという奇跡に近いデータがある。

「八神さん、聞いてよ。山下君とよく目が合ったの。それに、ね。通学のとき、校門でよく出会ったのよ。もう、ドキドキだった。だから、山下君も私に好意を持っていると思った」

いい経験じゃないか。視線が合うだけで、出会うだけで浮かれることができたのか。それにしても、だ。その二つの事象だけで、山下が自分に好意を持っていると結論できたのか？

「だから、告白したの」

まずいじゃないか。早計だ。山下が自分に好意を持っているなんて、それは勘違いだと考えてみなかったのか？

「でもね、振られちゃった。ひどく傷ついたわ」

気の毒だが、翔子は勘違いをしていたと思う。二人の視線が合った理由を簡単に説明できる。彼女が山下をずっと見つめていたので、その強い視線に気付いた彼が彼女を一瞥《べつ》しただけだろう。校門でよく出会った理由も単純明快である。彼女がそこで登校してくる彼を待っていたからであろう。

「どうせ、私なんか。私なんか、つまらない女なの」

この失恋は『なんか病』を間違いなく重くしたな。「山下君のような完璧な男子に告白した自分よ、撃沈覚悟で勇気があったと褒《ほ》めてあげよう。失恋も冥土への土産だわ」と考えられないか。ま、無理だな。

おっと、大変だ。翔子の心臓が、緊急状態であることを激しく訴え始めている。のんびりとしている時間はないぞ。まずは、彼女が告白したときの状況を知ることにする。そして、彼女の傷を癒す方法をすぐに考え出そう。

記憶動画の一つ「山下君に告白」は大脳皮質に残されている。翔子は思い出したくないかもしれないが、俺には情報が必要だ。「山下君に告白」が保管されているファイルを開ける。その記憶動画を彼女の脳内スクリーンに映写する。

――山下がバイクにさっそうとまたがっている。どんな女子もその姿にキャンと吠えて、キュンと惚れてしまうだろう。いかにも悪ぶっている男子が、山下の周りにたくさん集まっている。そこに翔子が登場。

「す、好きです。つ、付き合ってください……」

彼女が告白する。

俺は驚いた。あんなところで、翔子は山下に告白してしまったのか。こりゃあ、大胆だわ。振られる可能性がある場合、他人に知られないようにするべきだ。たとえば、電話やメールで告白をこっそりと行うべきだ。ちなみに、自筆による手紙の地味告は情緒があるぜ。おっと、動画の続きを見るぞ。

――周りの野郎が「嘘っ！　お前、頭イカれた？」「友也に告白するなんて、笑っちゃうぜ」「ブスのくせに」「友也でなくても、誰もお前なんかを相手にしないって」と暴言を吐いている。山下は無言のままである。

ここで動画が終了した。こりゃ、山下の周りの野郎どもがえげつないわ。ここまで辛辣《しんらつ》な言葉を投げかけるか。悪ぶっているなら、男の中の男をやれよ。女子一人をいじめるな。

「ひ、ひどい。思い出させるなんて。このことは忘れたかったのに――」

翔子の脳は、俺が「山下君に告白」の動画を映写したことに怒りを覚えている。大脳辺縁系という場所が激しく活性化している。アドレナリンという物質がかなり分泌されている。俺に攻撃的だ。

まずかったな。その記憶動画を翔子の脳内スクリーンに映写しないで、ファイルに保管されているデータをこっそりと読むべきだった。

「嫌！　もういい！　今すぐ私の夢から出て行って！　タピオカの馬鹿！」

八神だと訂正する俺を翔子は完全無視だ。ま、仕方がない。

翔子の記憶によると、彼女を傷つけたのは周りのアホどもであって、山下本人ではなかった。彼は彼女に何も言わなかった。これなら、彼女の傷を癒す動画をすぐに作れる。

さあ、虚実の動画を作るぞ。まず、俺は記憶貯蔵庫の扉を開いた。長い間眠っていた、もしかしたら翔子自身も簡単に思い出せないデータを取り出した。それらは、山下と彼の親友の会話である。莫大な量を処理するのだが、俺にできない作業はない。彼らのセリフのうち使える言葉だけを選択し、それ以外の余計な言葉を削除した。他のセリフでも同様のことを繰り返した。この作業により、新しいセリフを用意したことで、ショート動画の台本を仕上げた。

そして、それら一つ一つのセリフに合う、山下と彼の親友の姿を貯蔵庫から選択した。

場所はどこがいいかな。リアリティを出すために学校の教室にしよう。嵐の日をセッティングして、ドラマチックな演出で動画を盛り上げるぜ。

ショート動画を完璧に編集した。よし、完成だ。さあ、これを翔子の脳内スクリーンに映すぞ。

「翔子さん、私に少し説明させてください。山下さんはあなたの告白に対して無言でした。それには理由があるのですよ。次の動画がその理由を教えてくれます」

さあ、事実でないことを事実らしく作り上げた動画の始まりだ。

——山下が親友と話している。激しい雨風が窓ガラスを叩く。悪魔の大きな指のような黒い雲が、灰色の空に気味悪く動いている。

ちょっと効果を出し過ぎたか？　これじゃ、怪獣が甲高い雄叫びとともに現れる特撮映画のシーンのようだ。翔子の脳内ではドキドキハラハラのホルモンが放出されている。動画が続く。

——親友が山下の肘をつつく。

「友也、川島（酒井翔子の旧姓だ）が好きなんだろ？」

山下は親友の質問に少し眉を寄せる。

眉を寄せる、これは山下の癖だったと翔子の記憶データからわかる。先生に問題を当てられたときも、彼は眉を少し寄せていた。どんな問題でも解ける秀才だったのに、何で困ったふりをしたのだ？　カッコつけていたのか？

おっと、俺のコメントはどうでもよい。動画の続きだ。

——山下は無言のままだ。口元が一ミリも動かない。

「好きなら、付き合えよ」

親友がさらりと勧める。稲妻が走る。その閃光がすべてを白くする。山下の顔も白い。その後、空を切り裂くような雷の音が響く。

「俺だって、彼女を自分のものにしたいさ。でも、無理だ」

山下は苦しみと闘う渋い男の表情を浮かべている。

翔子の記憶貯蔵庫にある山下の表情データすべてを俺は読んだ。彼はこの渋い表情を好んだと結論できる。おい、山下よ、はっきり言おう。人生経験を積んだ後でその表情を浮かべろ。おっと、俺は余計なコメントを言い過ぎる。いよいよ最後のシーンだ。

——親友の両目が見開く。

「何で？　お前に無理なんてあり得ない」

「受験があるからな。親父が出た大学の医学部にちゃんと合格しないと、ダメだ」

稲妻が再び走る。雷がとどろく。

よし、ここまでだ。俺はショート動画を終わらせた。

「ああっ！」

翔子の大脳にある神経細胞たちは激しい興奮状態だ。喜びの電気信号が美と輝きを放つ。

「やだ。山下君ったら。私、振られたって勘違いしていたのね。そうよね、恋は受験の邪魔だわ。彼は一流大学の医学部を目指していたもの」

翔子の脳は嘘っぱち動画を信じてくれたのか。

親友が実際に言ったセリフとは、「友也、餃子が好きなんだろ?」「好きなら、今日食いに行こう。付き合えよ」だ。これらをちょいちょいと変えたら、「友也、川島が好きなんだろ?」「好きなら、付き合えよ」となったわけだ。

この続きを作るために、別の会話を選択した。その会話は次のとおりだ。

「友也、十八歳の誕生日が来るよな。大型自動二輪免許を取るか?」

「それ、ダメ。俺だって免許を取りたい。ニューモデルの、ほら、あのバイクを自分のものにしたいさ。でも無理だ」

「何で? お前に無理なんてあり得ない」

「親父が反対してる。受験があるからな。親父が出た大学の医学部にちゃんと合格しないと、ダメだってさ。ふん、楽勝で合格できるのに」

これらの会話をひょいひょいと変えたことで、動画の続きを作ることができた。ところで、楽勝宣言をした山下は現役合格を決めたのだろうか?

「でも、変ね。八神さん、どうやってこの動画を手に入れたの? ユーチューブから入手したとか、そんな嘘はやめてよ」

翔子の脳内で大きな変化が起きている。動画の信憑《しんぴょう》性を疑っているせいで、脳が戦闘モードに突入する。「闘争か逃走のホルモン」とも呼ばれるノルアドレナリンの量が一気に増えている。しかし、俺はそんなことでは動じない。任務を完遂するため、嘘を嘘で塗り固めてゆく。

「山下さんの夢にも入ったことがあります。だから、彼の記憶脳にあるデータをすべて把握しております。あの動画はそれらのデータ、つまり事実に基づき、作成されたものです」

「じゃ……山下君は、今でも私のことを覚えているの？」

「もちろんです」

俺の嘘丸出しの説明は、魔法のような効果を生んだ。何と、翔子の脳内でノルアドレナリンの放出がぴたりと止まったではないか。代わりにセロトニンやオキシトシンが大放出されている。これらのホルモンの作用により、すべての人の幸せを願うほどのやさしさが彼女の脳内に満ちている。失恋の傷が癒えていく。ついでに『なんか病』も癒えてくれるとよいが。

「恋してよかったわ」

このポジティブさ、いいぞ。翔子の脳内で神経細胞が情報を受け取り、他の神経細胞にそれを伝えている。その情報刺激に応じて細胞膜に生じる電位の変化、この華麗なる活動電位の光景をもっと見ていたい。しかし、そんな時間はない。さあ、次だ。やるぞ。

会席料理を楽しむ想像の世界を再開する。焼き物は鰤《ぶり》の照り焼きだ。会席では早過ぎるタイミングだが、白いご飯も出す。翔子は焼いた魚とご飯の組み合わせが大好きだ。

俺は記憶動画を翔子の脳内スクリーンに映し出す。これは偽りの動画じゃないぞ。彼女が新婚旅行に行ったときの記憶動画だ。

――翔子と夫は、温泉旅館の一室でカニの会席料理を食べている。

「翔子ちゃんはカニが好きじゃないの？」

「……好きだけど、身が取れなくて」

クスッと笑った夫は、翔子のためにカニの身を取り出す。せっせと取り出しては「ほらほら、おあがり」と勧める。彼女は夫となった人の器用な手を見つめる。

この動画が終わると同時だった。翔子の脳内で、夫が「翔子ちゃんのことを一生大切にします」と真剣に誓ってくれたことがよみがえった。何ということだ。そのときに身体中で感じた歓びが、電気信号として脳内に再び流れている。そんな歓びに満ちる女の脳は見事なまでに艶やかだ。

何もかもが初めてのことで、恥じらいと戸惑いを感じていた翔子の新婚当初の記憶動画を映写する。

——新しい姓である「酒井さん」と呼ばれて、ああ、結婚できたのだと翔子は喜びを感じる。「翔子ちゃん、とっても美味しいよ」と夫が褒《ほ》めてくれるので、彼女は一生懸命に料理をする。料理本を見ながら、理科の実験をしているように砂糖やしょう油の量を正確に測る。

現在の翔子は家事をてきぱきとこなしている立派な主婦だ。その記憶動画を映す。

——翔子は地域活動をしている。近所の人たちと公園や広場に花壇を設置する。目の不自由な人のために、活字で書かれている本や新聞などの内容を音声化する。

「キラキラ女子でいらっしゃいますね、翔子さん」

俺は偽りのない感想を述べた。

「そうかな。どうせ私なんか、同じことを毎日繰り返しているだけよ」

ネガティブな思考の神経が少し活動したようだ。その神経活動を阻止するために、俺は翔子をさらに称える。

「立派に家庭を築かれて、すばらしいです！」

「……本当に？」

「もちろん。幼い頃からの夢だったのでしょう？」

「夢？　あっ！　そうだ。私ったら、忘れていた」

幸せな家庭を築くことが翔子の夢であった。俺はその情報を得ていた。政治家、宇宙飛行士、ピアニスト、あるいはデザイナーになりたいと同級生が大きな夢を語っていたとき、彼女は平凡でも幸せな家庭を作りたいと望んでいた。

「実はね、妊娠しているのよ。すごく嬉しいの。でも、不安もいっぱい。私なんかが母親になっていいのかなって。生まれてくる子が、ちょっと可哀想かも」

翔子の脳内に入ったときから、俺は彼女が妊娠していたことに気付いていた。四か月目だった。ところで、『なんか病』がまた出ているのか？　不幸な気持ちになるのか？

「でも、八神さんに元気をもらったわ。母親になる自信ができた」

よかった。俺は安堵する。俺がここにいられる残り時間は、刻一刻と少なくなっている。

「私の子ども、元気で生まれて欲しいな」

「大丈夫です。間違いなく元気で生まれます」

嘘である。翔子の子どもは、生まれてこないのだから……。

「大丈夫よね。ありがとう。夢から覚めたら、禁酒ね」

翔子の脳は幻想の酒で陶然としている。

翔子の記憶貯蔵庫から、揚げ物として河豚《ふぐ》の唐揚げのデータを俺は引き出す。残念だが、デザートを用意する時間はもうない。

俺は翔子の記憶貯蔵庫から動画データをどんどんと引き出す。

——漆黒の夜に妖しく咲く白い桜。銀色の雨にしっとりと濡れる藍色のあじさい。青空に清々しく向かう黄色のひまわり。透明の光にきらりと輝く金色の銀杏の葉。白い雪にじっと耐えるように咲く紅色の椿。

音が翔子の脳内に次々と響く。彼女の好きな音。うぐいすのさえずり。ヒグラシの合唱。コオロギの歌声。枯葉が走る音。

春夏秋冬の空の画像も翔子の脳内スクリーンに映し出す。彼女の脳は晩秋の夕焼けに魅せられている。空が燃えている。それにしても、赤はこんなに寂しい色だったのか。

「きれい。雑誌やネットの景色かしら？」

季節で変わる山の色彩が映し出されているとき、疑問が翔子の脳内に浮かんだ。

「これらは、あなた自身が実際に見たり聴いたりしたものです」

「私が？　そう。生きている世界がこんなにもきれいだなんて、忘れていた」

翔子のお母ちゃんが作ってくれた食べ物の記憶画像を翔子の脳内スクリーンに次々と映す。

——ひな祭りには、ちらし寿司とハマグリの吸い物。夏休みには、そうめんとスイカジュース。運動会には、おにぎりと緑茶。正月には、おせち料理と雑煮。

俺は翔子の記憶画像のデータをさらに引き出す。

——子どもの頃のごちそう、オムライス、エビフライやハンバーグ。大人になってからのごちそう、日本酒。花見でほろり、夏祭りですっきり、月見でさらり、そして炬燵《こたつ》でゆっくり。夫の給料日には、ぜいたくに近所で外食。煙がもうもう焼き鳥。音がジュージューお好み焼き。匂いがぷんぷん焼き肉。

いよいよ最後の記憶動画だ。翔子の祖父母、父母、姉弟や夫の姿を脳内スクリーンに映そう。

——お祖父ちゃんがカラオケで翔子のために熱唱している。お祖母ちゃんがにっこりと微笑んでいる。お父ちゃんが花嫁の父として結婚式で泣いている。お母ちゃんが翔子を力いっぱい抱きしめている。二つ年上のお姉ちゃんがアイスクリームを分けてくれている。二つ年下の弟が遊園地ではぐれないように翔子の手を握りしめている。そして、夫が彼女の妊娠を喜び、「翔子ちゃんと子どもを一生守ります」と誓っている。

最後の動画が終了した。

「こんなにも家族に愛されているって、忘れていた」

翔子の脳がオキシトシンの美酒にうっとりと酔いしれる今、俺は脳幹に移動する。

俺は死神様の使者だ。R.I.P.（レスト イン ピース）――安らかに眠れと心の中で祈る。俺の指は、黒のスーツの内ポケットから神経毒を放つ。視覚や聴覚の機能を壊滅するため、その毒の粒子は一切の無駄《むだ》なく翔子の中脳に付着する。俺はこの毒とともに瞬時で強力な麻酔効果を持つ粒子も散布する。したがって彼女が痛みで目覚めることはない。

「幸せって、何気ない日常の中にあるのね。もっと早く気付いていればよかった。私、こんなにも幸せ……」

翔子の言語中枢にある神経細胞たちが言葉をゆっくりと発する。

俺は翔子の脳の各部位に次々と移動し、神経毒をさらに放つ。

運動の調節機能を担当する小脳に、運動に関する情報を大脳から小脳に伝える橋《きょう》に、呼吸や循環など生命活動の営みに関わる延髄に、自律神経や内分泌の働きを支配する視床下部がある間脳に、毒の粒子は正確に飛んでゆく。

そして、記憶、情動、認知など高度な機能を持つ大脳各部位にも、粒子は舞い落ちてゆく。

翔子は交通事故に遭《あ》った。彼女の内臓は激しく傷ついた。今、腹の中は血の海だ。彼女の命が助かる確率はゼロだ。子宮も潰されたので、胎児はすでに亡くなっている。彼女の意識が戻らないように、俺は脳を破壊している。

激烈な痛みや苦しみから彼女を救うためだ。

「――キラキラしている」

それが、翔子の最期の言葉だった。毒が、彼女の中脳、小脳、橋、延髄、間脳や大脳を完全に破壊する。脳は永遠の眠りにつく。

俺は光が舞い降りるのを感じる。死滅した脳から出る。群青界すなわち冥界からのあたたかい光が翔子をやさしく抱いている。俺は彼女の身体から魂を遊離させる。彼女の魂を抱いた光は上方にゆっくりと昇っていく。


俺は翔子の身体の周りに何人かの医師や看護師を見つけた。彼らは翔子の命を救うために必死だった。

脳内で任務が遂行できるほど微粒子サイズだった俺は、背が高い大人の姿に戻っている。しかし、誰も俺に気付かない。

「先生、脈低下！　血圧も低下です！」

看護師がバイタルサインを大声で報告した。

「酒井さん！　酒井さん、聞こえますか！」

「昇圧剤！　急げ！」

彼らの叫び声を背中で聞きながら、俺は集中治療室を後にした。

外は雨だ。針金のような雨が隙間なく降っている。暗雲に包まれている街は黒の濃淡の世界だ。建物や樹々など街にあるすべてのものが輪郭を失い、雨に沈んでいるかのようだ。車のライトが雨のベールの向こうから現れ、濡れた車道に寂しい光を落とす。タイヤは泳いでいるかのように、大きな水しぶきをあげてゆく。

任務を遂行すれば、俺は冥界へ直ちに戻る。なのに、今宵はどうかしている。なぜここを歩いている？　まだ何かあるのか？

群青界すなわち冥界には死神様の他に審判の神様がいらっしゃる。翔子の魂は、その審判の神様による裁きを受けるだろう。そして、天国や極楽と呼ばれている楽園への切符を手にするはず。

楽園か。かつては俺もいた場所だ。そこで過ごしたことは覚えている。一方で、人間界で生きていた頃の記憶は一切ない。魂は楽園に入ると、人間界で受けた喜びや幸せ、あるいは背負った苦しみや悲しみを忘れる。これは、楽園の妖精から聞いた情報だ。

楽園で多くの魂と出会った。それぞれに個性があった。だから、人間界での記憶は消えていても、生前から備わっていた気質は魂から失せることはないのだろう。

あれはいつだったか。他の魂と美しき日々を謳歌することを避け、孤独を楽しんでいた俺の魂は、死神様からの光を受けた。それは、死神様が俺を使者として採用されたいというお告げだった。死神様はすべての人の命がいつ、どのように終わるのかをお定めになると俺はまず知った――。

何だろう。今宵、俺は変だ。使者になってからというもの、任務を遂行することだけに専念してきたから、こんなことを思い出したこともなかったのに……。そうだった。あの光は強かった。何も考えられないほど、まばゆい光だった。

「死を迎える者に関する情報を一瞬で伝える。命令と情報を受けたなら、その者の脳内にすぐさま直行せよ。快楽殺人鬼である魔物に任務を邪魔されてはならぬ」

死神様のご命令が俺の魂に焼きついた。さらにお言葉が続いた。

「使者になっても生前の記憶は消去されたままである。しかし、人間界では生前の姿に戻るであろう。さて、使者の任務を申し渡す。死を迎える者を幸せにすること、その人を苦しみから救うこと、そして死後の世界へ安らかに送ることだ」

苦しみから救うこと——この任務を聞いたとき、俺はその光の中で深々とひざまずいた。必ず救ってやると決心した。

俺は死神様から使者としての名前をいただいた。八神だ。そして、使者として必要な知識、教養と能力を瞬時に拝受した。

使者の能力一つ一つが驚異的だ。

群青界すなわち冥界と人間界をすばやく行き来できる能力。死神様がお定めになった人の脳内に限り入ることができる能力。脳内で任務を遂行する際には、おのれの姿を自在に変えることができる能力。世界の言語すべてを理解できる能力。任務に必須である情報、そして死が定められた人の情報すべてを知ることができる能力。その人の記憶すべてをよみがえらせることができる能力。その人の記憶データを基にフィクションの動画を脳内で作ることができる能力。安らかな最期を与えるために、その人の脳や心臓を破壊する毒を麻酔の粒子とともに用意できる能力。冥界から迎えの光が降りたとき、その人の身体から魂を遊離させることができる能力。他の使者のいかなる動きもすばやく感知できる能力。他の使者が脳内でどのように任務を遂行しているのかを透視できる能力。他の使者に会った一瞬で、その使者が過去にどんな任務を果たしてきたのかを知ることができる能力——。

雨が降りしきる。風が吹く。それらが街にある何かに当たるので、色々な音が響いている。不思議なことだが、不協和音ではない。

そんな美しいハーモニーを聞いているのに、俺は醜い奴らのことを考え始める。なぜだ。考えたくないのに考える。

醜い奴ら、それは快楽殺人をしている元使者、魔物たちのことだ。

死神様は楽園に住む善人の魂のみから使者をお選びになる。これは楽園の妖精から得た情報だ。しかし、殺人を繰り返す魔物に成り下がった使者がいる。

俺は、魔物が人の脳内で凶行に及んでいるところを実際に透視したことがない。しかし、奴らの残虐行為についての話が俺の耳に絶え間なく入る。奴らによる恐ろしい殺人を透視してしまったことで、精神的に病んでしまった使者もいるらしい。その使者たちは楽園に戻ったと聞く。忌々しい記憶を消すために……か。

俺は魔物たちの姿を見たことがある。はっきり言おう。奴らの容姿は恐ろしく醜い。魔物情報に詳しい使者から聞いたことだが、奴らは凄味《すごみ》をアップするために自分で皮膚や筋肉を削ぎ白骨化する。最近の魔物は、顔の一部削ぎが凄味だけでなくおしゃれ度もアップすると信じているらしい。それのどこがおしゃれだ。自分で白骨化するとは愚の骨頂だ。

俺は陰うつな空を見上げる。雨は永遠に降り続けるつもりか。今すぐ冥界に戻るべきだ。なのに、なぜ歩き続ける？　なぜ考え続ける？

　死神様がお決めになったルールの一つに、「先着した使者一名のみが、臨終を迎える人の脳内に入ることができる」とある。つまり、使者あるいは元使者、魔物がすでに脳内にいる場合、いかなる者もその脳内に入ることはできない。このルールがあるためか、他の使者のいかなる動きもすばやく感知できる能力を使いながら、魔物たちは迅速に動くらしい。臨終を迎える人の脳内に先着するためだろう。奴らは人間界に急降下してきた使者を叩きのめすと聞く。奴らに暴行を受け、任務を遂行できなかった使者たちは責任を取って辞任したという噂もある。

　俺は魔物の奴らよりすばやく人の脳内に入り、任務を完遂してきた。しかし、人間界に直行するときはいつでも、緊張する。

「死神様は魔物狩りの使者をお送りになる。使者の任務遂行を守るためだ。捕らえられた魔物たちは、暗闇の牢に封じ込められる。その牢では眠ることさえ許されない。よって奴らは永遠に悶え苦しむ。それでも、魔物狩りの使者から逃れながら、奴らは殺人の快楽をむさぼり続ける」

これは、魔物情報に詳しい使者が俺に語ったことだ。


「――八神」

俺はしわがれた声を聞いた。考えを止めて、振り返った。黒いフード付きマントを着た骸骨がいた。魔物か？　いや、違う。カマだ。不気味、不吉、不潔、不格好……。このカマがどんな奴なのかを表現しようとすると、不が付く漢字しか思いつかん。

カマは不思議な経歴を持つ使者の一人だと聞いている。極楽すなわち楽園に行くことがなく、使者に採用されたらしい。だから、この骨董品《こっとう》のような頭蓋骨に生前の記憶がまだ残されている。

「シニ神、四二が八の神――で、八神か？　神の名において、掛け算。いい名前をもらったもんだ。にしても、男前だねえ。ま、俺の方がいい男だったけどヨ」

黒いフードの中でずらりと並んだ歯が、カタカタとカスタネットのように鳴っている。笑っているのだ。

「カマ、笑うな。怖いわ」

「ふん。白骨化したら、誰でも怖いの。俺が白骨化した理由を知りたいか?」

「知りたくない」

「そうか。そんなに知りたいのなら、教えてやろう」

カマはその理由をだらだらと話し始める。おい、俺が断ったのを無視するのか——。その話をまとめるとこうなる。カマは凄味《すごみ》アップのために白骨化したのではない。生前、刀で顔を斬られたため、醜い斜めの傷が左の額から右の口元に残った。その醜さに我慢ができず、皮膚や筋肉を削ぎ取った。

「朝《あした》に紅顔《こうがん》ありて、夕べに白骨となるって言うだろ? それをやったのだ。紅顔の美少年だったぜ、俺は」

カマは、蓮如上人様の言葉の意味を理解していないアホだ。

「その美少年が俺に何の用だ?」

かまって欲しいのか、カマは嬉しそうだ。それにしても不思議だ。骸骨になっても、彼の顔は喜怒哀楽を表現することができる。

「ブスの翔子ちゃんは自分に自信がない女子だった。でもヨ、一家の主婦として頑張った。お前は、彼女がキラキラ女子だという動画を見せた。で、彼女を気持ちよくイカセタってわけか」

カマが言ったことは正しい。しかし、卑猥に聞こえる。気持ちよくイカセタだと？　逝《い》く、だろうが。

「いやあ、お前のやり方って、すげえ。翔子ちゃんの魂はヨ、自分や赤ん坊が殺されたことに気付いていないままヨ。うんうん、そのまま楽園に行っちまうのがええわ」

多くの人が行き過ぎる。暗い雨の中、人々は申し合わせたように無口である。人間には俺とカマの姿が見えない。もちろん、俺たちの声も聞こえない。

「殺されたら、辛いぜ。死んでもなお、人を呪うことがある。俺は、殺し合いなぞ当たり前だった戦国時代を生きた。ま、俺の話を聞け」

カマの話は長い。要約するとこうなる。彼は戦国時代に農民として鎌を振り上げていた。しかし、彼の村も戦場となった。不運な農民だった。足軽兵に斬られた。

「何で斬られた?」

俺は不思議だった。合戦の始まりの法螺貝《ほら》が響くと、戦いに参加しなかった農民たちは安全な場所に逃げ去ったはずだ。それなのに、なぜだ?

「いい質問だ、八神。村中で一番美しい娘、村中一美《むらなかいちみ》は俺に惚れていた」

「嘘をつくな。何がイチミだ」

「嘘じゃない。イチミの名前どおり、彼女は村一番の器量よしだった。村の男たちは一美に夢中だった」

いや、そこじゃない。一美が村一番のべっぴんであったことを疑ったのではない。その村一番の美女がカマに惚れていた、そのことが嘘だと言いたかったのだ。

「ま、いいわ。それで、何で斬られた?」

「兵士たちが村の家屋に来てヨ、食料を盗んだ。その上、女たちをもてあそんだ。一美に手を出そうとした奴がいた。そのときに限ってヨ、俺は鎌を持っていなかった。クウッ、俺としたことが、ヨ。女をいたぶる奴は外道ヨ。俺は必死で一美を守った」

　カマの話はあちこちに飛ぶ。俺はそれらをまとめて一つの話とする。彼は、一美の身体を触ろうとした兵士を突き飛ばした。それに怒った兵士が彼の顔を斬った。それでも、彼は一美の身体に覆いかぶさった。一美に指一本触れさせないためだった。その兵士は刀で彼の背中を何度も斬りつけた。その痛みは耐え難いものであったが、一美の身体から離れなかった。遠くで法螺貝が鳴った。それを合図に、その兵士は家屋から出て行った。

「一美は助かった。俺は名誉の腹上死ってやつを遂げたのヨ」

　おい、腹上死とはそういうことじゃないだろ。

「死神様の使者はなかなか来なかった。そのお陰で、えげつない痛みに長い時間苦しんださ。使者がやっと現れて、『はい、お陀仏《だぶつ》っす』と宣言したわ。

痛みがついに消えた。奴は自己紹介をしやがった。それが、だらだらと長いのって。話は短いのがええ」

カマよ、お前の話も無駄《むだ》に長いだろう。

「そのとき、光がいっぱい降り注いでいたのヨ。なのに、その使者はまだ話してやがった。そのうち光は上方へ動き始めたのだわ。たまりかねてヨ、『おい、光じゃ！』と叫んだわ。すると、奴は俺の身体から魂を急いで抜きやがった。でもヨ、光はずっと遠くに昇っていた。だからヨ、奴は冥界に俺の魂をぶっ飛ばしたのさ。あの野郎、ひでえことをしやがった」

俺は驚いた。その使者は何でカマの脳内にすばやく現れなかったのか？死神様から命令を受けた後、何をやっていたのだ？　それに、光に抱かせることなく、冥界にカマの魂を荒々しく送ったとは許せん。俺でもカマに同情する。

「俺は仏教徒として裁きを受けたわ。結局ヨ、エンマ大王様は、『善人で美男子のカマちゃん、極楽と呼ばれる楽園に行っておいでよ』と言ったぜ」

嘘だ。何が「カマちゃん」だ。エンマ大王様、すなわち審判の神様がそんな友達口調で判決をおっしゃることはない。善人や美男子とお褒《ほ》めになることもない。

カマの長い話が続く。俺はそれを短くする。

――極楽、つまり楽園へと旅立つ船に乗るため、カマの魂は桟橋に向かった。しかし、気が変わった。もう少し冥界のことを知ろうと、あちこちをふらふらと探索した。そして、冥界の番人から裁きについての情報を得た。

「魂それぞれでヨ、審判の神様の見え方が違っていると番人は言いやがった。意味がわかるか？　たとえば、だ。耶蘇《やそ》教徒の魂には、審判の神様がキリスト様に見えるわけヨ。もっと説明してやろうか。審判の神様が裁いているのにヨ、イスラム教徒の魂はアッラーの神様の前に、仏教徒の魂はエンマ大王様の前に座っているって思うわけさ。もう、びっくり屁をこいたわ。エンマ大王様が世界中から来た魂を裁くと生前信じていたからヨ。あの裁きを受けていたときヨ、俺の魂は怖いエンマ大王様の前に座っていると思い込んでいたさ。それと、ヨ。耶蘇教徒やイスラム教徒たちの魂はヨ、一回ぽっきりの裁きを受けるだけ。そりゃあ、楽ちんだわ。仏教徒の魂は七回も受けるだろ。あれ、疲れるわ」

カマの説明は長過ぎるが、この情報は正しい。使者の任務を終え、冥界に戻ったある日、俺も審判の神様の重臣から同じ情報を得た。カマの説明に「特定の宗教を信仰しなかった魂も裁かれる。審判の神様ではなく人間の裁判官から裁きを受けていると魂は錯覚する」と補足しておく。

「お前は楽園に行っていないと聞いた。なのに、どうして使者になれた?」

「いい質問だ。その理由を話せば長いが、教えてやろう」

おい、また長い話をするのか?

「裁きの神殿があるだろう。あの前あたりでヨ、俺の臨終を担当した使者にばったりと出くわした。幽霊でも見たかのように、奴はびっくり仰天しやがった」

「冥界にいる魂は幽霊だろうが」

「そうだったわな」

カマはカタカタと笑う。そんなに面白いか？

「それでヨ、『どうか楽園に行ってくださいませ』と奴は俺に頼み込みやがった。その理由を聞くと、『楽園に入りますと、生前の記憶すべてが消えます。だから、カマ様の死に際で私が不味《まず》い仕事をしたこともお忘れになって欲しいのです』と答えたのヨ。奴は泣いていたさ。実はヨ、奴は他の魂にもひどいことをやっちまったらしいわ。それを恨みに持つ魂たちが怨霊となって奴に取り憑《つ》いていると打ち明けやがった。怨霊だとヨ。ホラー小説じゃないっちゅうの」

雨が強くなる。歩く人の姿がない。街は救い難い陰気さに包まれている。

「奴はヨ、『冥界で迷わず、成仏してください。南無阿弥陀仏』と必死で唱えやがった。ふざけた野郎ヨ。それでもって、人間界に用があると逃げようとするじゃねえか。魂となっちまった俺も人間界にもう一度行きたかったから、連れて行けヨと頼んだわ。でもヨ、断られた。使者にならない限り、人間界には戻れないと言いやがった……」

死神様が使者の厳選をなされていると知ったカマの魂は、死神様に引き会わせろとその使者に迫ったらしい。さもないと、怨霊となって苦しめてやると脅しながら。

「八神、びっくりしたわ。死神様って何でもお見通しかも。脅していたらヨ、俺の魂は光に包まれたわ。それがもう、あたたかくて気持ちがいいの何のって。ああ、もう死んでもいいって思ったぜ」

「おい、そのとき、お前はすでに死んでいただろうが」

「お、そうだった。死んでいるのをよく忘れるのヨ。それでヨ、気が付けば、死神様の前に座っていたわ」

「拝謁できたのか？」

「ハイエッ？　日本語を使え」

「死神様に会うことができたのか？」

「いや、俺の魂には死神様が見えなかったわ。すごい何かって感じただけヨ。

戦国時代だからヨ、使者を急募しているってお告げがあったさ」

なるほど。カマの魂が使者に採用された理由は、やはり使者不足だったからか。ま、俺の魂が採用されたときも、まさに空前の使者不足だったらしいが……。

「それでヨ、面接を受けたさ」

「面接？」

おい、それは一体何の話だ？　面接はないぞ。

「そうヨ。ま、軽く一発合格したわ。『使者募集にご応募いただき誠にありがとうございました。慎重かつ厳正なる選考の結果、使者として採用することに決定いたしました』というお告げを光で受けたさ」

何だと？　死神様は採用通知書のひな型にあるような言葉をお告げにはならないぞ。

「すばらしい魂と褒《ほ》めてもらったさ」

「嘘だ」

「本当さ。すばらしくない魂は研修を受けるらしいな。でもヨ、俺の魂は受けなくってよかったさ。代わりに、オツムのあたりが急に熱くなっただけヨ。すげえわ。一瞬にして、使者のイロハを完璧にわかっていたぜ。お、それとヨ。使者として新しい名前をもらわなかったわ。生前の名前、カマのままヨ。ええ名前だからな」

こら、使者の研修なんてないぞ。死神様は、新人使者の脳に使者として必要な知識、教養や能力を一瞬でお送りになるだけだ。

「人間界で大量の人が死んだ。だからヨ、使者となった俺もさっそく命令を受けて、人間界に降りたさ。俺の初任務は森ラン丸の死に寄り添うことだった。ラン丸は若かったわ」

カマに会った一瞬で、俺は彼が過去に遂行した任務のすべてを知った。死神様からいただいた能力はすごい。そのラン丸は、織田信長の小姓の森蘭丸ではない。

「その森ラン丸は信長の小姓ではなく、百姓だな」

「ノブナガって誰？　そうヨ、ラン丸はヒャクショウだったさ。コショウじゃない」

「本能寺の変を目撃したのではない？」

「え？　煩悩寺？　あ、本能寺ね。いや、本能寺の変なんぞ見とらん。ラン丸は三河の長篠城あたりで亡くなったさ。そこで戦いがあった」

その後、カマは死神様のご命令どおりに任務を遂行してきた。

「俺は四百年以上も使者をやっているわ。でもヨ」

カマ、すごいじゃないか、四世紀以上の職歴を持つベテランか、と感心してはならぬ。任務を遂げた数は極端に少ないからだ。その、ごく少数の経験を通してだが、どうしても納得できないことがあると彼は不満を漏らす。

「俺は、弱い者をいじめる奴、女に暴力をふるう奴、それとヨ、人を殺す奴を許せん。なのにヨ、何で冥界へそいつらの魂を安らかに送ってやらなきゃいかん？」

「それが任務だからだ。それが嫌なら、やめろ」

「お前は平気か。すげえ。でもヨ、お前も気分が悪くなることを教えてやろうか？」

俺の返答を待たず、カマは話し始めた。

「冥界の門番から聞いた話だが、ヨ。審判の神様の裁きは不公平で間違っているって。審判の神様が楽園に殺人者の魂を送ったことなんて何度もあったらしいぜ。こんなの、おかしいわな。それじゃ、ヨ。殺された人は浮かばれやしないわな。悪い奴らの魂は地獄の釜に放り込まれて至極当然。そこで煮え湯を飲まされるべきだろ？」

カマは煮え湯を飲まされるという、本当の意味を知らない。意味を知らないなら、その言葉を好き勝手に使うなよ。

「審判の神様は犯行に至るまでの諸事情をご考慮される。お前が意見することじゃない」

「犯行に至るまでの諸事情だと？　そんなもん、悪モンの言い訳ヨ。それにヨ、審判の神様は金持ちの魂には甘いらしい。だからヨ、冥土の道も金次第だなんて、人間界で悪い噂を立てられるわけさ」

カマよ、魂は金を持って冥界に行けないだろう。

悪人の魂、特に殺人者の魂は地獄行きだとカマは主張する。その主張を何度も繰り返すので、彼の話が再び長くなっている。俺は繰り返し部分を取り除き、話の中で前に進んだ分だけをまとめる。彼は世界中の刑務所をさまよった。臨終を迎える殺人者の脳に向かう使者の動きを感知したとき、彼もその殺人者がいる場所に急いだ。その脳内に先着することにより、冥界へ殺人者の魂を安らかに導く使者の仕事を妨害したかった。

「殺人者の魂全部が地獄に落とされるわけじゃないんだわ。それならヨ、俺が罰してやろうと決めた。人間界の最期だけでもばっちりと苦しんでもらう。それでも、手ぬるいわ。殺された奴は、もっと苦しんだはずヨ」

「それで、妨害できたのか？」

「おい、聞くなヨ。何でもわかっているくせに。使者より先に殺人者の脳内に入ることが一度もできなかったさ。ウウウッ、一度たりとも、ヨ。使者の動きを感知する能力は衰えていないぜ。だけど、すぐに動けねえ。骨がついていかないのヨ」

「カマ、いい子だ。今後も、使者の任務を邪魔するな」

「へいへい、邪魔しないさ。使者と争わなくてもええ場合があるからヨ。フフ、聞いて驚くな。昨夜、魔物の一人に会ってヨ。そいつは俺を魔物だと勘違いしたのか、話しかけてきやがった。俺は魔物みたいに醜くないっちゅうの」

カマは破顔している。骨だけの顔の造作を崩すことができるのは、彼だけだ。

「骸骨に美醜はないぞ。不気味なだけだ」

「お前って嫌な奴だな。ま、ええわ。そいつがえらいおしゃべり野郎でヨ、魔物だけが知っている情報も漏らしやがった。それを聞いて、俺はぶったまげたね。ほらヨ、決まりごとで『死神様がお定めになった人の脳内に限り入ることができる』とあるだろう。それが、そうでもないらしいぜ」

「何だと？」

「使者や魔物は殺人者すべての脳内に自由に入ることができる。この意味、わかるか？　神様のお定めなんて要らないのさ。使者と争わなくてもええ場合があるって、このことヨ。殺人のニュースは人間界であふれているだろう。だから、殺人者を探すのにそれほど苦労しなくてもいいし」

カマはかなり興奮している。頬骨がテラテラと赤く光って見える。

愕然とする俺は思う。死神様のお定めは要らない？　しかも、魔物だけが知っていたことだと？　これも死神様の思し召しなのか……。

いつの間にか雨と風の美しい協奏曲は鳴りやんでいる。時折、強風が吹く。それがどこかに当たり、怒りの叫びや悲しみの呻きに似た音をあちこちで発している。

「じゃあ、魔物の奴らはこぞって殺人者の脳内に入るわけか？」

「いやいや、殺人者の脳を狙う魔物はごく少数だってさ。トロい奴はヨ、喜んでいるらしいけど。ま、使者よりすばやく脳内に入ることは難しいからな。

俺もトロいからヨ、その苦労がわかるわ。でもヨ」

「何だ?」

「大多数の魔物は使者を殴り倒したいらしいぜ。それも快感だそうだ。だからヨ、殺人者の脳内に楽々と入ることは、そいつらにとってつまらねえらしい」

「それで、お前は殺人者の脳内に入るつもりか?」

「おう、もちろんヨ。俺は正義の味方だからな。人を殺《あや》めたくせに、のうのうと生きている奴らを俺は許さん。奴らには冥界に行ってもらう」

たとえ正義の味方であっても、死神様から与えられた能力を殺人に使ってはならない。カマは人の死を楽しむ魔物ではないが、殺人鬼となってしまう。

「カマ、お前は魔物に成り下がるつもりか?」

「八神、俺を買いかぶるなヨ」

カマは間違った日本語を使い過ぎる。こんな乏しい語学能力で死を迎える人の脳に話しかけたのか。そもそも死神様から優れた語学能力をいただいたはずだ。その能力はどうなってしまったのだ？

「カマ、どんな人をも殺めてはならぬ。お前は間違っている」

「いや、俺は正しい。正義のためにやるんだ。快楽のためじゃないから、な」

「使者をやめろ」

「いやだ。正義の味方としてヨ、使者の能力を使わせてもらう」

「カマ、魔物狩りの使者に捕まるぞ」

「大丈夫ヨ。お縄をちょうだいすることはねえヨ」

「なぜだ？　死神様はお前の勝手な殺人を許さないぞ」

カタカタと笑いながら、カマは黒いパンツの中に骨の手を入れた。そして、それをもぞもぞと動かしていた。

「卑猥だ。やめろ」

カマの骨の指が何かを取り出し、俺の目の前にそれを突き付けた。

「八神もいやらしい男ヨ。何を想像した？　ほら、これを見ろ。楽園行きの切符だ。魔物狩りの使者が来たら、冥界に戻るさ。それでヨ、楽園行きの船に飛び乗るわ」

「使者に採用されたのに、死神様の光にその切符を渡さなかったのか？」

審判の神様は魂に楽園行きの切符をお与えになるか、あるいは地獄に魂を落とされる。楽園に入った魂は、その切符を大切に保管する。死神様の使者としてお仕えすることを決意した魂は、死神様の光にその切符を必ず差し出さなければならない。悪行を働けば、地獄牢に閉じ込められることを忘れないよう、魂に深く刻みつけさせるためだ。

「渡そうと思ったさ。でもヨ、あのとき、多くの人が殺された。俺も死神様から命令をすぐに受けたのさ。で、人間界に直行したからヨ、渡す機会を失ったってわけ」

「切符を預けないまま、使者になったのか？　信じられないな」

カマはウインクした。骸骨がウインクできるわけはないが、俺にはそう見えた。

「さてと、翔子ちゃんを殺した犯人のところに行こうっと」

カマはこれから遊園地に行く子どものように陽気だ。

「何をする気だ？」

「知れたことヨ。そいつの脳内にお邪魔する」

「いいか。あれは過失による事故だった。殺人事件ではない」

「お前が死神様から受け取った情報くらいヨ、俺だって瞬時に読んでいたぜ。殺人犯は高齢運転者、萩原英雄。そいつはアクセルとブレーキを踏み間違えたために、お腹に赤ん坊のいる翔子ちゃんをひき殺しちまった。今、K病院に検査入院中」

「殺人と過失致死とは全然違う。萩原は故意にひき殺したのではない」

「そう？　そいつの脳内に入って、故意じゃないって確かめたの？」

「俺たちの任務は誰かの脳を取り調べることじゃない」

「翔子ちゃんは一生懸命に生きていたのにヨ、殺されちまった。赤ん坊を育てる夢もぶっ壊されたさ。いい子だった彼女が、何でそんな目に遭《あ》わなきゃならん。それにヨ、彼女の夫の気持ちも考えろヨ。八神、お前がその夫だったら、どうするヨ？」

カマの骸骨顔が雨に濡れている。そのせいで泣いているように見える。四世紀以上の時が経った今でも殺された無念を抱き続け、いつまでも安らかな気持ちになることができないのか。使者になりたいと望んだとき、彼の魂は楽園にまだ入っていなかった。死神様はそれをご存じだったはずだ。それなのに、彼の生前の記憶を消去されることなく、人間界に使者として彼をお送りになった。それは何のためだ？

「もし夫だったら、だと？　そんな仮定の質問には答えない」

「どこまでもクール。ま、俺に任せろ。その運転者の脳内に入る。悪モンだったらヨ、遠慮なく懲らしめてやるさ。萩原はお陀仏ってところヨ」

「悪者かどうか、だと？　お前にそんな審判を下す権利はない。そんなこと……」

俺がまだ言い終わらないうちに、カマは消えた。

不気味な黒い雲が空を完全に覆う。一瞬、世界が闇となる。強風が何かに激しく当たっている。不気味な音が鳴り響く。得体の知れない獣が呻いているようだ。

人間界ではニュースが速く広く伝わる。萩原が引き起こした死亡事故もすでに報道されたはず……。何かが俺を突き動かした。いつの間にか雨の中を疾風迅雷のように駆けていた。


俺は、萩原英雄が検査入院しているK病院の二人部屋に一瞬で着いた。そこで二人の男を見つけた。「やめろぉ！　来るな！　出て行け！」と怒鳴っている男。そして、この男のベッド近くで「あわわわぁ――どうしました？」と問いかけている男。かなり動転していて、彼の顔は輸血が必要なくらいに真っ青だ。

死神様から萩原についての情報もいただいている。この怒鳴っている男が萩原だ。もう一人の男は同室の男だろう。

俺は萩原の脳内で何が起きているのかを瞬時に知る。萩原の脳を襲う者と闘うために急いで来たが、間に合わなかった。今から彼を救うことはできない。

ベッドに横たわっている萩原の全身が激しく震えている。呼吸が困難になっているせいか、喉がぜいぜいと音を立てる。外の雨に打たれたかのように、白髪も顔も汗でぐっしょりと濡れている。両手は何かに抗っているように空中で暴れる。目は見開いたままである。しかし、天井や壁など室内に存在するものに焦点が合っていないようだ。彼の脳内にいる者を凝視しているからだろう。

この部屋はかなり広い。四床分の大きさはある。萩原のベッドは窓際にある。そのベッドと窓の間にソファが置かれている。俺は耳をすます。「クッ、クッ、クッ」と笑っているような声がソファの下から聞こえる。

「カマ、笑うな」

「わ、笑ってねえ。い、痛いのヨ。クッ、クッ、クッ」

カマが俺の視界によろよろと入った。彼はひどく殴られたようだ。頭蓋骨が首の骨の上にきちんと乗るようにガクガクと調整している。

「魔物にやられたな」

「おう、そ、そうヨ。は、萩原の脳内に入ろうとしたらヨ、ウウウッ、魔物の野郎にケツをいきなり蹴られたわ。でヨ、お、俺はボコボコに打ちのめされちまった。い、痛てぇー。それにしてもヨ、魔物の野郎、何ちゅう早さで萩原が起こした事故を知ったんだ？」

俺は萩原の脳内で起きていることを透視する。

――黒いフード付きマントを着ている魔物がいる。髭剃りのついでに皮膚と筋肉を削ぎ落としたように、顔は骨だけだ。しかし、顔以外の部位は白骨化していない。顔面髑髏《しゃれこうべ》の状態も洒落にならないほど不気味だ。

「お前の犯した罪は許されない。死神様が成敗してくれよう」と魔物が脅す。すさまじい言葉を次々と放つことで、魔物は萩原の脳神経細胞たちをじわじわと苛《さいな》む。殺人のプロセスを楽しんでいるのか。

「やめろぉ！　あれは事故だぁ。俺は悪くない！」

萩原の言語中枢にある神経細胞たちが電気信号を激しく送っている。

魔物がマントを大きくひるがえす。「これでお前の心臓を止める。お前は死ぬ」と告げて、神経毒の入った袋を誇示する。

「や、やめろ……。し、しにがぁ――」

声を上げるために口や舌、喉などを動かそうと、萩原の脳神経細胞たちは指令を何とか出そうとしている。

「え？　えっ？」

同室の男が甲高い声を出したため、俺は透視を中断した。

「は、萩原さん、シニガ？　何ですか？　えっ？　シニガハチですか？」

同室の男よ、その解釈は何だ。シニガハチではない。シニガミだ。

「い、嫌だぁ。俺の、せい、じゃ、ない――」

萩原の口や喉がかなり震えている。だから、彼の声は小さく、かすれている。人間の耳ではこれらの言葉を聞き取ることができない。そのため、同室の男は「えっ？　何ですか？」と何度も聞き返す。

「魔物の奴、許せん！」

「許せんだと？　カマよ、お前は何のためにここに来た？　萩原が悪者だったら、冥界へ送ると息巻いていただろうが」

「いやいや、あれは嘘。俺は偏頭痛をちょっと起こさせる程度に痛覚神経をペンペンしたかっただけヨ。こんなえげつないことはやらねえって」

偏頭痛を起こさせる程度だと？　正義の味方、カマが悪者を成敗するとは、その程度のことか？　それでいい。憎めない奴だと俺は思う。ほんの少しだが。

「それより、ヨ。八神、俺らは萩原を助けることができねえのか？」

カマは骨の両手で頬骨を包んでいる。「何とかしなきゃ」と思うのか、ピンポン玉のような目玉がくるくると回転している。

「できない。ルールを忘れたか。使者か魔物が脳内にすでにいる場合、いかなる者もその脳内に入ることはできないからだ。ここでも俺は無力だ。人が死ぬのを待つだけだ」

「ここでも？　無力？　へ？　どういう意味ヨ？」

萩原の顔が左右に大きく引っ張られているかのように歪む。眼球がこぼれ落ちそうだ。もはや人間の顔ではない。

俺は萩原の脳内にいる魔物を再び透視する。

――魔物は萩原の脳から心臓に飛ぶ。まだまだ元気に拍動している心臓を停止させるためだ。魔物がけたたましく笑う。神経毒を撒《ま》く。飛び散る粒子は毒だけだ。麻酔の粒子を散布しない。

萩原が断末魔の叫びを上げたので、俺の透視は再び中断した。人の声帯から出たとは思われないほど重い叫びだった。

同室の男が慌《あわ》ててナースコールのボタンを押す。「ああっ！　か、看護師さぁん！　せ、先生！　早く！　早くぅ！」と声を張り上げながら。

「や、やっちまったか、魔物の野郎……」

カマがつぶやく。

俺はこれ以上の透視をしない。魔物が萩原の脳内でこれから行うことくらい想像できる。冥界からのあたたかい光が舞い降りるのを待たずに、魔物は萩原の魂を鷲づかみにするだろう。そして、尊厳を踏みにじるために、冥界に萩原の魂を投げ込むはずだ。

「カマ、行くぞ」

「へ？　あ、八神こそ、ここに何しに来たのヨ？」

俺は答えない。病室から出る。病室に駆け込もうとする医師や看護師とすれ違う。もちろん、彼らには俺の姿が見えない。

俺はどうしたのだ？　なぜ考える？　今まで考えないようにしてきたのに。

死神様のお言葉が耳によみがえる。

「死を迎える者に関する情報を一瞬で伝える。命令と情報を受けたなら、その者の脳内にすぐさま直行せよ。快楽殺人鬼である魔物に任務を邪魔されてはならぬ」

魔物に任務を邪魔されてはならぬ？　魔物は敵だと仰せられるのか？　確

かにそうだ。使者にとって魔物は敵だ。しかし、死神様にとって魔物は手下だ。死神様はすべての人の命がいつ、どのように終わるのかをお定めになる。ある人々の命は、魔物により心臓や脳を破壊されることで終わる。それをお決めになるのは、他ならぬ死神様だ。魔物の奴らが勝手にする仕業ではない。

ある人間には使者をお送りになることで安らかな最期をお与えになる。その一方で、他の人間には魔物による断末魔の苦しみをお与えになる。使者か、魔物か――死神様は何をもってお決めになるのか？

もう、やめろ。これ以上考えると、死神様がなさっていることに対して批判的な意見を導いてしまう。使者の分際をわきまえろ。そう自分に警告しても、ダメだ。俺はカマからの情報について考え始める。

死神様がお定めにならなくても、使者や魔物が殺人者の脳内に自由に入ることができると魔物の奴らだけが知っていた。魔物の奴らだけが？　いや、不思議なことではない。死神様はすべての人の命を管理なされている。だからこれをお決めになられ、魔物たちに漏洩されたのは死神様ご自身だ。

死に関するすべてをご存じの死神様は、殺人者の脳内に喜んで入る魔物の数が少ないとあらかじめご承知だった。魔物による殺人者の殺戮《さつりく》はお考えになっていない。しかし、少数の魔物による殺人者の謀殺を確かにご実施になっている。それに、あの手ぬるい魔物狩り。死神様は、魔物たちをいっせいに撲滅できる力をお持ちのはずだ。しかし、撲滅なさらない。魔物の奴らをわざと泳がせていらっしゃる。

俺は病院の外に出た。雨が俺の顔を激しく打つ。暗黒の空を仰ぐ。心の中で叫ぶ。

「我が神よ、なぜ万人に安らかな最期をお与えにならない？　あなた様がなさっていることは不公平だ！　あなた様は冷酷だ」

俺は大きなため息を落とす。何という愚か者だ。何があっても死神様に忠誠を尽くすと誓った。その誓いはどうした？　死神様がなさることを批判するのなら、使者をやめろ。

萩原の叫びが耳によみがえった。その叫びに耐えるように、俺は眉間に力を入れる。

魔物らの悪行は聞いていた。だが、奴らの仕業を目の当たりにしたことがなかった。何と恐ろしい。奴は、いや死神様は何という過酷な最期をお与えになるのか……。

使者として臨終の人を苦しみから必ず救ってやると俺は決心した。死を前に苦しみ悶える人々を放置することは二度とやりたくなかった。それなのに、ここでも萩原を見捨てることしかできなかった。絶対的な力の前では無力なままか？

二度とやりたくなかった？　ここでも？　絶対的な力？　何のことだ？　俺は生前に何をやっていた？　人の死に関わる何かをやっていたのか？　思い出せない。何も思い出すことはできない。

「考えるな！　ただミッションを遂行せよ！」

また、だ。誰の命令だ？　これは死神様のお言葉か？　生前に起きたことを思い出そうとすると、この言葉が俺の頭に必ずよみがえる。俺は自分を戒める。

ただ任務を遂行せよ。人を苦しみから救え。

悲劇、高齢運転者による死亡事故

事故は東京都品川区の路上で六月二日午後二時頃に発生。車は歩道に暴走し、路上を歩いていた男女七人を次々とはねた。

この車を運転していたのは、八十二歳の萩原英雄容疑者。頭を路上に強打した宮田勇人さん（48）は即死した。車とコンクリート塀に挟まれた酒井翔子さん（24）は重体で病院に搬送された。命に別状がなく傷を負った五人は、病院で手当てを受けている。（六月二日付『読買新聞』号外）

高齢運転者による暴走事故、死者は二人

六月二日に東京都品川区の路上で死亡事故を引き起こしたのは、萩原食品株式会社の会長、萩原英雄容疑者（82）。車と道路脇のコンクリート塀に挟まれた酒井翔子さん（24）は病院に搬送されたが、死亡した。

酒井さんは妊娠四か月であったことが判明した。品川区にある産婦人科医

院で診察を受けた後、帰宅途中で事故に巻き込まれた。（六月三日付『読買新聞』朝刊）

死亡事故を起こした高齢運転者が突然死

六月二日に品川区で死亡事故を起こした萩原英雄容疑者は、同日の深夜、検査入院先のK病院で心停止のために死亡。

事故を起こしたことで自責の念に苛まれ、その苦悩により萩原容疑者がショック死をしたと病院側はみている。（六月三日付『読買新聞』号外）

群青界すなわち冥界での裁き

冥界はブルーサファイアの石の中のようだ。果てしなく続く群青。一点の曇りもなく澄み切っている。

冥界に送られた魂は番人により神殿に導かれる。神殿の前には世界中から来た魂が並ぶ。どの魂も審判の神様による裁きを受けなければならない。

今、一つの魂が裁かれようとしている。楽園に行くかあるいは地獄に落ちるかの判決を受ける。魂の名は酒井翔子。

審判の神様は、翔子が人間界でどのように生きたのか、そしてどのようにその生を終わらせたのかをすでにお見通しである。彼女が残した最期の言葉「キラキラしている」からだけでも、彼女が何を求めて生きていたのかをご理解される。

冥界に翔子の魂を送った使者のデータについてもご存じである。使者の名前は八神。生前の名前はミハイル・ソコロフ。頭脳明晰で優美。ロシアの医師だった。彼が残した最期の言葉は「救えなかった」だ。

審判の神様は一瞬お考えになる。厳《おごそ》かで麗しい神様の長い髪が揺れる。艶やかな黄金の髪から光がこぼれ落ちる。群青色の瞳は冷たい美の光を放つ。

八神、優秀なる使者よ、この度も見事な手腕を披露した。これまでも巧みなスキルをもって任務を遂行してきた。死神様がなさっていることに対して批判的な意見を持ったが、それをすぐに打ち消した。何と忠実なる使者よ。

八神、ミハイル・ソコロフの魂が楽園に入ったとき、生前の記憶はすべて消された。すべて、のはずだ。しかし、これを否定することが起こっている。

ミハイル・ソコロフが軍医として働いていた病院には、戦場で傷ついた兵士があふれていた。ベッド数が足りなかったため、廊下あるいは庭にまで兵士は転がっていた。医師や看護師が不足していた。医療物資に限りがあった。彼がどの兵士をまず治療するか、それを決めたのは軍の上層部であった。すなわち、命に優先順位がつけられた。治療を後回しにされたままの兵士が激痛に悶え苦しんでいた。しかし、彼は薬の一粒ですら与えることができなかった。「考えるな。ただミッションを遂行せよ」という上官の命令は絶対だったからだ。

悲痛な叫びを上げていた人々を見捨てた悲しみの記憶は、今もなお八神の魂に深く刻まれている。彼の魂だけが、ひとかけらの記憶を偶然に保持しているわけではない。生前の気質を永久不変に持ち続けると同様に、生前の記憶一片を未来永劫に抱きかかえている魂が他にもいる。

審判の神様は平伏している翔子の魂をもう一度ご覧になる。神様の唇がゆっくりと動く。彼女の魂に判決を仰せになる。

「楽園に行くがよい」

審判の神様は、萩原英雄の魂がもうすぐここに現れることをご存じである。彼が人間界でどのように生きたのか、そしてどのようにその生を終わらせたのかを把握なさっている。

郵 便 は が き

料金受取人払郵便

新宿局承認

7552

差出有効期間
2024年1月
31日まで
(切手不要)

160-8791

141

東京都新宿区新宿1－10－1

(株)文芸社

愛読者カード係 行

ふりがな お名前		明治 大正 昭和 平成 年生 歳	
ふりがな ご住所	□□□-□□□□	性別 男・女	
お電話 番 号	(書籍ご注文の際に必要です)	ご職業	
E-mail			
ご購読雑誌(複数可)		ご購読新聞 新聞	

最近読んでおもしろかった本や今後、とりあげてほしいテーマをお教えください。

ご自分の研究成果や経験、お考え等を出版してみたいというお気持ちはありますか。

ある　ない　内容・テーマ(　　　　)

現在完成した作品をお持ちですか。

ある　ない　ジャンル・原稿量(　　　　)

書　名				
お買上 書　店	都道 府県	市区 郡	書店名	書店
			ご購入日	年　月　日

本書をどこでお知りになりましたか?

1.書店店頭　2.知人にすすめられて　3.インターネット(サイト名　　　　)

4.DMハガキ　5.広告、記事を見て(新聞、雑誌名　　　　)

上の質問に関連して、ご購入の決め手となったのは?

1.タイトル　2.著者　3.内容　4.カバーデザイン　5.帯

その他ご自由にお書きください。

(　　　　)

本書についてのご意見、ご感想をお聞かせください。

①内容について

②カバー、タイトル、帯について

弊社Webサイトからもご意見、ご感想をお寄せいただけます。

ご協力ありがとうございました。

※お寄せいただいたご意見、ご感想は新聞広告等で匿名にて使わせていただくことがあります。

※お客様の個人情報は、小社からの連絡のみに使用します。社外に提供することは一切ありません。

■書籍のご注文は、お近くの書店または、ブックサービス(0120-29-9625)、セブンネットショッピング(http://7net.omni7.jp/)にお申し込み下さい。

企業経営者として残した業績は優秀。慈善事業にも着手。犯罪は過失運転致死傷罪の一点のみ。魔物の餌食となった魂。「俺のせいじゃない」が最期の言葉。

審判の神様は笑みを浮かべる。神殿内にいた番人たちがいっせいにひざまずく。厳しい訓練を受けた成果のように、その全体の動きに寸分たりとも乱れやずれがない。

萩原の魂よ、しばしの安らかな休息を取るがよい。魔物による最期はすさまじいものであったはず。しかし、地獄での苦しみは想像を絶する。覚悟して私の前に現れるがよい。

Case 2

あなたを守りたい

十五から三十五歳の若い世代の死因の第一位は自殺である。これは、先進国で日本だけにみられる事態である。恵まれている日本で、なぜこんなに自殺者が多いのか。東みなと新聞は、十代の若者を対象として自殺意識調査を行った。約三割の人が自殺を考えたことがあると回答した。また、自殺未遂の経験がある人は約一割にも上る。

自殺を考えた約半数の人が、学校での問題を抱えている。その問題の中では「いじめ」が最も多い。家庭での問題、すなわち両親による虐待や家庭内人間関係の不和などの問題にも悩んでいる。それらの深刻な問題を誰にも相談できない若者が多い。

若者の命を救おうと、『若者の自殺を防止する会』の活動は全国的に広がっている。現在私立M大学学長であり、いじめから子どもを擁護する弁護士である高橋雅一郎氏が会の創設者である。第一党である自明党都議団の副代表として、将来の担い手である子どもを尊重する党活動の一端を担っている。高橋氏は次のように語る。

「親がまず子どもを守る、これが基本だ。学校での問題を抱えている子どもと親は真剣に向き合うべきだ。しかし、親にも相談できない悩みを抱える子どもたちがいる。そんな子どもたちのためにこの会は存在している。この会では個人情報の秘密を守り、専門家やボランティアのメンバーたちが悩みの相談にいつでも乗っている。決して一人ではないことを子どもたちに覚えておいて欲しい」

東みなと新聞は会のメンバーである中村良子さんにインタビューをした。中村さんは、子どもたちからのSOSを受けるライン『あなたを守りたい』の相談役の一人だ。

「私は自分の子ども、翼を失ってから、子どもに先立たれた親の悲しみを知りました。キックボクシングが好きで活発だった翼は難病に侵されました。

そのとき翼は高校生でした。辛い治療を受けました。でも、最後まで諦めず、病気と闘ってくれました」

中村さんは若者に人とつながる大切さを訴えかける。

「翼は同じ病気と闘う患者さんたちとラインでつながり、いつも励ましをいただいていました。また、病気だけでなく他の問題で悩んでいる子どもたちと、苦しみや悲しみを分かち合う活動をいたしました。翼が前向きになれた姿を見て、私は人とつながる大切さを知ることができました。悩みを抱える子どもの皆さん、高橋会長のおっしゃるとおり、決して一人ではないことを忘れないでください。どうか何でも相談してください。このラインをあなたの居場所にしてください」

『若者の自殺を防止する会』の相談窓口には指定のＱＲコードからアクセスすることができる。（十月五日付『東みなと新聞』朝刊）

使者・キラリ

私はキラリだ。群青界からの使者である。我が神様から命令を受けると、ある人の脳内に入り込む。その人を幸せにすること、そしてその人を苦しみから救うことが私の任務だ。

我が神様から任務に必要な基本的情報を瞬時に受け取った後、私は人間界に急降下した。我が神様がお決めになった人である健斗《けんと》の脳内に時を移さず直行しなければならなかった。

しかし、今私は健斗を見つめている。彼の脳内に入ることができる微粒子サイズになるまで身体を縮めることも忘れている。我が神様がお決めになった彼は、あまりに若くて美しいから。

心臓が縮み上がった。背後で異様な気配を感じた。振り向くと同時に、飛び上がった。黒いフード付きマントをまとった骸骨を見た。

「おのれ、魔物か！」

私の右足は骸骨の顎骨を蹴り上げた。キャンと情けない悲鳴を上げた骸骨は、床に尻餅をついた。倒れた相手を攻撃するのは卑怯だ。しかし、そいつの頭部に鉄拳を何発も食らわせてやった。

ピンポン玉のような目玉がぴょんぴょんと飛び出た。歯をカタカタと鳴らしながら、そいつは気を失った。極めて弱い奴だった。表情筋を持たない骸骨なのに、そいつはなぜか幸せそうに見えた。


私は健斗の脳内に急ぎ飛び込んだ。彼の脳は私の出現に驚いている。変な者が入ったという情報をすばやく処理し、神経細胞たちは電気信号を送っている。変な者だと？　あ、そうか。服装のせいかも。私はシャツ、タイ、パンツスーツそしてフード付きマントを着ている。これらはすべて黒だからな。

「ようこそ。いらっしゃいませ」と歓迎してくれる脳に入ったことはない。

だから、私は心の準備をする。健斗の言語中枢にある神経細胞たちが活発に興奮するだろう。それらの細胞が「出て行け！」と私を激しく攻撃するはずだ。はず……だが？

「あなたは誰ですか？」

健斗の言語中枢にある神経細胞たちは冷静だった。番犬のようにうるさく興奮することはなかった。極めて不気味だ。

「驚かせて、ごめん。大丈夫か？」

やさしい言葉をかけることが苦手だ。しかし、任務だ。仕方がない。

「びっくりして当然だな。いきなり現れたから。しかし、私は決して悪者ではない」

私は寄り添うように話しかけた。健斗の言語中枢から応答がなかった。ふむ、なるほど、わかった。悪者でなければ、何者かを明かす必要があるのか。

「私はキラリ・ビーナスだ」

おお、私の名前に驚いたか。健斗の脳は忙しくなる。細胞から細胞へ「キラリ・ビーナスの出現だ」という情報を伝達しているぞ。

「キラリ・ビーナスって、嘘でしょう――」

何だ、それ？　キラリ・ビーナスと私が名乗ったのに、「嘘でしょう」といきなり疑う？

「わあ、すごい。あのキラリちゃんと同じ名前だ」と喜んでくれよ。

キラリは我が神様からいただいた名前、本名だ。ビーナスは偽名だ。我が神様からいただいた情報によると、健斗はアニメの『金星からのきらめき』の主人公であるキラリ・ビーナスの大ファンだ。だから、彼の脳内ではキラリ・ビーナスと名乗ろうと決めたのだ。しかし、ウケていない。残念だ。

「愛称だ。でも、私の正体は美しいナスビだったりして。え？　わからないか？　美しいは『ビ』だろう。ナスビは『ナス』だ。それでビーナスだ」

健斗の脳内には微妙な空気が漂う。

「何を言っているのかわかりません。その冗談、面白くないです」

何だと！　こっちはお笑い芸人じゃないぞ。緊張をほぐしてやろうとしたのだ。面白くないことは百も承知だ。仕方がない。任務中だ。ここは我慢するしかない。

「あのぅ、幻覚ですか？　これって。それにしても、全然違うキラリ・ビーナスが出てきて、すごく残念です。あなたもきれいだけど、荒っぽい感じ。男の子みたい」

ムカつく。痛覚神経に蹴りを入れて、痛い目に遭《あ》わそうか。おっと、前言撤回。それは絶対にしてはならぬ。

「健斗はこれを幻覚だと思っているのか？」

会話をしながら、私は健斗の脳内をチェックする。人の脳内では、ホルモンや神経伝達物質など、さまざまな物質が放出されている。彼の脳内では、基本的な生命維持のための物質は元気に分泌されている。しかし、「頑張ろう！」「チャレンジしようぜ！」「幸せだ！」「楽しいな！」「わくわくする！」など、ポジティブな思考や感情に関わる物質たちを分泌する脳部位のほとんどが傷ついている。長期にわたりストレスを感じ続けたのか、かなりやばい状態だ。だから、私が任務を受けたわけか。

「はっきりと目覚めています。でも、これって実際には起きていないのでしょう？　だから、幻覚だと思います。幻覚でも、あなたが現れた理由はわからないけど――」

「私はあなたを幸せにするために来た」

これは私の大切な任務の一つだ。しかし、口にすると、三文小説のセリフに聞こえた。

「あの、本物のキラリ・ビーナスじゃないのでしょう？　そのセリフ、やめてくださいよ」

「何だと！」

私の言葉が刺激となった。健斗の脳内では、「気分悪いです」と訴えるための物質がシュワンシュワンと放出されている。まずいな。私は健斗を不快にしているのか？

「あ、つい。本当に申し訳ない」

「別に謝らなくていいですよ。でも、そのセリフを二度と言わないでください」

健斗がそのセリフにこだわったので、キラリ・ビーナスについての詳しい情報をこっそりとすみやかに得ることにする。

脳内にある記憶倉庫、海馬と大脳皮質。これらの部位を訪れると、いつも感動する。たくさんのファイルがある。すごい量のデータが一つ一つのファイルの中に保管されている。こんなにも色々なことをよく覚えているものだ。

健斗は頭がよい。しかし、学校の勉強は好きじゃない。数学の公式、歴史の年号や英語の単語を覚えている細胞が少ない。

おっと、情報だ。ファイルの一つ「金星からのきらめき――キンキラアニメ全話」を開ける。このアニメの通称は「キンキラ」と言うのか。それにしても、全話を記憶しているとはすごいな。感動するぜ。

どうでもいいが、このタイトルを「キンボシからのきらめき」と読んだ人は大相撲ファンだ。この「金星」とは、ビーナスとも呼ばれるキンセイだ。

そう、太陽系の惑星の一つだ。

おお、健斗は金星の位置を調べてある。どれどれ、このデータを読もう。太陽系の骨格をなす惑星は、太陽に近い方から順番に水星、金星、地球、火星、木星、土星、天王星、そして海王星である。ふむ、そうか。金星は地球に最も近い惑星らしいぞ。フムフム、その大きさ、重さや内部構造が地球と似ていると言われているのか。金星は明け方や夕方の空に明るく輝く――なるほどね。

我が神様は私にキンキラアニメの全話のあらすじをお伝えになった。それは、「窮地に立たされたイワシ君が、悪者から救ってくださいと正義の味方であるキラリちゃんにお願いする。金星からやって来た彼女はその悪者を成敗する」であった。たった二行だ。そう、非常に単純明快なアニメ。全話を通じて、窮地に立たされた男子の名前はイワシ君。イワシ、鰯か。ヨワシみたいだ。それにしてもひどい名前だな。

その全話の一つ「カツアゲする不良たちをキンキラ成敗」のデータをすぐ

さま読むことにする。「私はあなたを幸せにするために来た」のセリフを見つけてやるぞ。

イワシ君は四人組の不良にお金をいつも巻き上げられている。その不良たちは、やんちゃな男の子をとっくに卒業していて、プロの暴力団に今すぐにでも入ることができそうだ。「もう、お金はありません」と断ると、イワシ君はボコボコ、ベンベンと殴られる。そんなひどい目に遭《あ》っているのに、彼は学校の先生や親にも相談することができない。

お金を用意できないイワシ君は、ゲーム機のスイッチをオンにした。「えっ？今ってゲームで遊ぶタイミングなの？」と私は疑問に思ってしまった。いやいや、これは大切なプロセスだった。助けて欲しいとキラリちゃんにお願いするためには、「ラブラブビーナス」というゲームで十万点分のコインを貯めないといけないのだ。おお、何とイワシ君はスキル高きゲーマー。数時間で十万点分のコインを獲得したではないか。

ゲームでコインを獲得する条件があるとは、何だかちょっと変だ。しかし、これが健斗にはウケたようだな。なぜなら、イワシ君がゲームをする場面を見ることにより、実際に存在する「ラブラブビーナス」のゲーム攻略をゲットできたからだ。彼の脳の中には「キンキラアニメから得たゲーム攻略」のファイルがある。

さらに、このアニメのデータを読むぞ。十万点のコインを貯めたイワシ君は「キラリ・ビーナス様、どうか僕を助けてください」とお願いをする。おお！　その後すぐに、キラリちゃんのテーマソングが始まるではないか。

イントロは悲しいピアノ旋律。そして、「涙をこぼすあなたは、心やさしき人！　辛い思いに耐えるあなたは、心強き人！」とイワシ君をまず褒《ほ》める。この部分は他の有名な歌の歌詞に何となく似ているな。この後に「私を必要とするあなた、愛している、愛している、愛している！」と歌詞が続く。そしてその次だ。やった！　私は探していたセリフ、「私はあなたを幸せにするために来た」を見つける！　そうか、この歌詞の一つだったのだ。

この部分は情緒たっぷりなメロディーだ。泣けるぞ。苦労に耐え忍びながらデビューをようやく果たした演歌歌手が歌っているみたいだ。なるほど。健斗もこの部分で心を揺さぶられたのだな。私がこのセリフをさらりと言ったので、彼はご機嫌斜《なな》めになってしまったわけか。

この歌詞の直後だ。夜空一面に光り輝く星を背景に、キラリちゃんが登場！

私は衝撃を受ける。キラリちゃんは実に可愛い。それに人を包み込むやさしさと人を守る強さが顔に表れている。彼女は視聴者の男子たちを魅了してメロメロにするだろう。

キラリちゃんは四人組の不良たちを次々と倒す。イワシ君が彼女に心から感謝する。これにて「カツアゲする不良たちをキンキラ成敗」が終了。完読だ。

ウウウッ、少しも面白くない。これは「このファンタジーがすごい」とか「驚きの展開に息が抜けない」などの絶賛コメントをもらっているアニメではないだろうな。

「あれっ？　フェイクビーナスは消えちゃった？」

健斗の脳に疑問が浮かんだ。私は慌《あわ》てて記憶倉庫から飛び出た。

「私はここにいる」

「何だ。幻覚はまだ続いているのか。消えて、ホッとしたのに」

健斗の言語中枢にある神経細胞たちがそんな嫌な言葉を放った。しかし、感情は正直に表れている。幸せホルモンが私を見つけたことにより放出されている。わずかな量だけど。言葉とは裏腹に、そういうことだな。私を嫌っているわけではない。それなら、私も任務を遂行しやすい。

「健斗、『ラブラブビーナス』というゲームって難しいか？」

「……」

「十万点ものコインを獲得するって難しいだろうね」

私は話題を提供しただけだった。なのに、「見ていてごらん」と言わんばかりに、健斗の脳は「ラブラブビーナス」のゲーム開始を指に命じた。この集中力、すごい。怖いくらいだ。彼の神経伝達の情報により画面上の何をどのように動かしているのかを知る。

キンキラアニメに出ていたイワシ君を画面上で操っている。画面上に見えていないコインを獲得するのだから、すごいものだ。コインを集めたことでパワーアップしたイワシ君の動きは、速くなっている。

すると、動物たちが画面上に次々と現れる。顔は可愛いが、意地悪だ。オウムはコインをパクリと咥《くわ》えて飛んでゆく。リスは土の中にコインを埋める。イルカは水の中にコインを沈めてゆく。だから、健斗の脳は「イワシ君をもっと速く動かせ」と指に命令する。おお、動物たちからコインをうまく奪い返していくぞ。これは、ものすごいテクニックだ。

健斗の脳はゲームにのめり込んでいる。だから、私は彼についての情報をさらに収集する。記憶脳にあるファイルのデータを密かに読む。

写真、写真、写真の山だ。健斗自身が撮った写真だ。遊びでSNSに投稿するためにスマホで撮った写真ではない。健斗は若き写真家だ。我が神様の情報によると、彼の作品は全国フォトコンテストの高校生部門で最優秀賞に輝いた。よし、その受賞作を見てみよう。

ウッ！　胸にグッときた。鳥肌が立った。受賞作のタイトルは『光が救う』だ。それがどんな写真なのかを説明してみよう。

場所は、どこにでもあるような公園。鬱蒼《うっそう》と生い茂っている木々。その木々を背にしてベンチに中年の男性が座っている。悲しみが重過ぎるのか、首《こうべ》を垂れている。その両手は、まるで何かに耐えるかのようにしっかりと組まれている。その男性を見る私の目に涙が自然と込みあがる。彼の悲哀を表現したい。適切な言葉が見つからない。ウウウッ、無理だな。私が言えることは、たった一つ。健斗が天才であるということだ。

しかし、その写真にあるのは絶望だけではない。木々から光の束がこぼれ、柔らかな絹の衣のようにその男性を抱いている。私にはその光が希望に見える。光と影で希望と絶望をこの上なく巧みに表現している。

――「健斗！　理事長に連絡がついたぞ。これで問題が解決できる！」

健斗の身体の外側からいきなり響いた誰かの怒鳴り声が、聴覚情報として彼の脳に伝わった。

健斗の脳がゲーム中止を指に命じた。九万点分のコインが貯まったところだった。

「明日、父さんと学校へ行くんだ。秘書が七時半に迎えに来る。いいな！」

健斗の脳内で音の処理を担う領域が激しく活発になっている。そして、恐怖のために扁桃体という部位の活動が過剰になっている。

なるほど、これが健斗の父親の声か。自尊自重がほとばしっている声の質だ。それにしても、どういう意味だ？　理事長に連絡がついた？　問題が解決できる？

「馬鹿者！　父さんの顔に泥を塗るようなことをしやがって！」

「根性なしだ！」

「お前は我が家の恥だ！」

何だと！　馬鹿者？　根性なしだと？　我が家の恥？　何だ、この親父は！　どこまで自分の息子を罵倒する気か。

おっと、私の悪い癖がまた出てしまった。何でこうも短気なのだ。

この父親についての情報も我が神様から瞬間伝達でいただいている。

父親情報。Ｔ大学法学部卒。前職は東京都議会議員、私立Ｍ大学法学部教授。現職は私立Ｍ大学学長、いじめから子どもを擁護する弁護士、『若者の自殺を防止する会』の全国会長。自明党都議団の副代表であり、衆議院議員立候補予定者。すごい肩書だな。しかしブサイクだ。ブサイク、上等。これで男前であったら、全世界の男を敵にまわしていたはずだ。

おや、父親の怒鳴り声がやんだ。さて、健斗はどうしている？

「健斗、大丈夫か？」と私は話しかけた。

「いたの？」

健斗の言語中枢にある神経細胞たちがようやく反応した。

「もう、限界だよ」

「そうか。限界か」

「父さんはすごく怒っている。僕、出来が悪いからね――」

「出来が悪い？」

ゆっくり、ゆっくりだが、健斗の脳と私は会話をする。いよいよ、か。任務を遂行するときだ。なるだけ寄り添う。

「うん。受験に失敗したの」

「中学？　それとも高校受験か？」

私は健斗の個人情報をすでに知っている。しかし、初めて聞くふりをする。

「高校受験。兄さんが通っていた、私立の進学校に落ちちゃった。あ、兄さんは父さんの期待どおりにT大に入った」

「そうか」

「僕はすべり止めの高校に入ったの。ここから歩いて行けるけど。今、不登校中」

「どうして？」

「色々あって」

「学校が面白くないのか？」

「うん。中学のときの方が楽しかった」

「そうか。部活動をしたのか？」

「うん。写真部に入ってた」

健斗が中学生だったときの記憶データを私は一瞬で読む。

健斗は写真を撮ることが好きで、好きで、写真のことをいつも考えていた。寝食を忘れるほどだった。放課後の部活動だけではなかった。休日もカメラを離さなかった。彼が撮りたいものは、人の生き様だった。一枚の写真で他の人にそれを伝えたいと考え続けた。

健斗はその頃に撮った代表作を思い出した。一枚の写真が彼の脳内スクリーンに映し出されている。東京都の中学生写真コンクールで優勝を飾った写真だ。その作品のタイトルは『待っていた』だ。文章の表現力がない私だが、その写真について語ってみるぞ。

場所は駅の構内だ。たくさんの人が行き交っているが、その人たちは背景としてぼんやりと写っている。焦点が合わされている被写体は、老人と小さな女の子だ。お祖父ちゃんらしき男の人はしゃがみ込んでいる。そして、彼の孫だろうか、小さな女の子を抱きしめている。彼の顔は幸せのシワでいっぱいだ。何という美しさだ。笑顔いっぱいの女の子は「お祖父ちゃん！」と叫んでいるように見える。何という可愛らしさだ。二人は逢えるときを待っていたのだろう。すべての人が笑顔になれる写真だ。どんな平凡な日常にもきらりと光る、大切な一瞬があると教えてくれている。

健斗の記憶データによると、彼は天才だとコンクールの審査員たちが称賛した。

「すごい。健斗の写真を見ると、泣きたくなる」

私は感動を伝えた。

「あ、お祖父ちゃんもそう言ってくれたよ」

ここで幸せホルモンがほんの少しだけ健斗の脳内で放出される。大好きだったお祖父ちゃんを思い出しているからだ。

「全国フォトコンテストでね、賞をもらったの。お祖父ちゃんったら、その写真を見て本当に泣いちゃった」

健斗の写真が全国フォトコンテストの高校生部門で最優秀賞に選ばれるまでの経緯を知るために、私はそのデータをすばやく読む。

健斗が高校に入学したときだった。父親は「受験に失敗した落伍者」と彼をなじった。その一方で、お祖父ちゃんは彼に新しいカメラをプレゼントした。それはプロのカメラマンも推奨する本格的な一眼レフカメラだった。彼は高校でも写真部に入った。

この時期のデータを読むと驚くべきことを発見する。お祖父ちゃんが買ってくれたカメラを構えたとき、健斗の脳内でやる気神経のスイッチがオンになっていたではないか。さらに「健斗の写真は人を感動させる」とお祖父ちゃんが励ましてくれたとき、バイタリティ物質が放出されていた。そうだ。彼の脳は元気だったのだ。

このときから、健斗は中学生写真コンクールで審査員だった写真家に指導を受けた。その写真家である高井和男《たかいかずお》をタカ先生と彼は呼んでいた。タカ先生は無償で彼を教え、彼は夢中で学んだ。そして、あの作品『光が救う』が誕生した。

「すごいな、健斗は。その賞をもらった写真も見たいな」

その写真をすでに見ていたが、私はリクエストした。すると、『光が救う』の写真が健斗の脳内スクリーンに映った。

「これ、いい！　ものすごくいい！」

私は感嘆の声を上げた。

「ありがとう。でもね、これで終わり」

「終わり？」

「そう。もう、無理……」

暗くて深い悲しみの海に自身を沈めるかのように、健斗の脳は学校で起きたことを思い起こしてゆく。

若き気鋭の写真家として健斗は、全国紙の一つ、読買新聞社の記者からインタビューを受けることになった。そして、作品のいくつかが新聞に掲載されることになった。

その準備を一生懸命にしたときの光景が、健斗の脳内スクリーンに途切れることなく浮かび上がる。

——写真を撮る。現像する。タカ先生の指導を受ける。インタビュー前日の夜にベスト二十枚を選定する。そして、写真部部室のロッカーにそれらを保管する。

健斗が今思い浮かべている光景は、インタビュー当日の部室内で起こったことだ。

——びりびりに破れた写真が床いっぱいに落ちている。選定しておいた二十枚の写真。それらの写真には大きさが違う運動靴の跡。健斗は破れた写真を拾う。拾った一枚一枚を胸に抱きかかえながら……。

三人の男子の姿が健斗の脳内スクリーンに現れる。同時に彼らの声が響き渡る。

「こりゃ、ひどいわ。写真、ボロボロ」

「どうするよ。もうすぐ新聞社の奴らが来るぜ」

「最優秀賞の写真以外の、他の写真を新聞に載せてもらうんだろ」

「新聞社の奴らに、破れて靴跡の付いた写真を見せるのか？　タイトルは『救われない』って、どうよ？」

「やばくねえ？　今から焼き直しても、間に合わないぜ」

「それにしても、一体誰よ？　こんなことをしたのは」

「天罰だろ」

「賞をもらったって、いい気になっていたからな」

このときの健斗が何を思ったのか、私は記憶データを読む。彼は怒っていなかった。ただ悲しかった。新聞社の記者に選定しておいた写真を渡すことができないから、悲しかったのではない。愛しく思う写真をボロボロにされたから、悲しかった。それらの写真を破って踏みつけたのは、この男子たちだと彼もわかっていた。しかし、沈黙したままだった。

健斗の脳情報によると、この男子たちも写真部に在籍している。フォトコンテストにも応募したが、彼らの作品は落選した。

この男子たちはその残念な結果を受け入れることができなかったのだ。だから、最優秀賞を手にした健斗に激しく嫉妬したのだろう。その嫉妬の炎は彼らの理性を完全に焼き尽くしたのか。写真部員が写真を愛するどころか、踏みつけたのだから。

その日の午後、健斗は新聞社の記者からインタビューを受けたはずだ。しかし、そのデータが彼の記憶脳には存在していない。ただ、「写真が間に合わなかったとは情けない。校長先生や私は恥をかいたよ」と部長先生が言った小言のデータだけが残っている。

「それからね、彼らの嫌がらせがひどくなった――」

健斗の言語中枢の神経細胞たちが少し活性化した。

「嫌なことは思い出さなくていい」

私がそう言っても、無駄《むだ》だった。いじめに遭《あ》ったときの光景データが健斗の記憶脳から次々と引き出されてゆく。

――ある日の写真部部室。健斗のロッカーの扉が壊されている。ロッカーの中に入れてあった物が床の上にぶちまけられている。散在した物のなかで、写真集や記録ノートが破かれている。

――文化祭の日、写真部は展示会を催している。あの最優秀賞をもらった生徒の作品を直接見たいと、外部からの人々がたくさん会場に詰めかけている。しかし、健斗の作品は会場にない。彼の写真は男子トイレの個室のドアに貼られている。写真のそれぞれに卑猥な言葉が書かれてある。

これらの光景が浮かんだ後、健斗の言語中枢から言葉が寂しくこぼれる。

「だからね、写真部をやめた。耐えられなかった。自分の作品がこれ以上傷つけられるのは嫌だったの」

他のいじめの光景も健斗の脳内スクリーンに現れる。そのいじめのどれもが悪質だ。もはや犯罪行為だ。邪悪の神から美酒を受け取った三人の男子たちは健斗が苦しむのを見ることに酔いしれたのだろう。「この男子たちに目をつけられたら、最後。ボコボコにされる」という悪評があるのか、他の生徒は誰も健斗を助けなかったようだ。

毎日のようにいじめられたので、健斗は十一月から学校を休むようになった。毎朝、学校に行くふりをして家を出た。写真は撮り続けた。そして、タカ先生の仕事場に行った。先生からの指導を受け続けた。

わっ、何だ！　ブサイクな女性の顔が健斗の脳内スクリーンにいきなり現れたではないか。加齢によるシワはないのに、醜い感情の線が顔に走っている。我が神様からの情報によると、この人が彼の母親だ。

健斗はある朝に立ち聞きしたことを思い出している。母親がダイニングルームで誰かと電話で話していたことだ。彼の記憶脳には「母親の話」のファイルがある。そのデータの量は極めて少ない。彼が彼女の話をおそらく聞き流してきたからだろう。しかし、この立ち聞きした話はよく覚えている。母親が言った一言一句を逃さず脳細胞に刻み込んでいる。すごい記憶力だ。

今、その記憶にある母親の声が健斗の脳内に響き始める。

「健斗はいじめに遭《あ》っているわ。あの子ったら、学校からずぶ濡れで帰宅したことがあるの。カバンや靴がおしっこ臭かったこともあったし。それに殴られた痕がいっぱいあるわ。

うぅん、健斗の父親にいじめのことを話していないわよ。……学校側に？　問い合わせなんかしていないわ。

むしろね、いい気味だと思っている。昔ね、主人はちょっと浮気したのよ。と言うか、主人は誘惑されたの。それで、子どもができたって大騒ぎになって。その子どもが健斗なの。主人は弁護士だから、うまく処理したわよ。お金を受け取ったら、浮気相手はあっさりしたものだったわ。健斗を押しつけて、主人とはさっさと別れたわ。

ああっ、腹が立つ。健斗なんか生まれてこなきゃよかったのよ！」

そこで母親の声は途絶えた。

生まれてこなきゃよかった――これは毒の言葉だ。この毒にやられたかのように、私は愕然としている。何てひどい。ひど過ぎる。生まれてこなきゃよかった子どもなんて一人もいないのに。

母親は健斗がいじめに遭《あ》っていることに気付いているのだ。しかし、見て見ぬふりをしている。保護者としていじめの問題を解決する気はまったくない。彼がいじめられていることで、痛快な気分を味わい続けたいのだろう。それは、自分の夫を誘惑した女に対しての、いつまでも消えない嫉妬と憎しみ故なのか。

「あの話を立ち聞きした後ね、電車に乗った。遠出したの。それで、写真を撮った」

健斗の言葉が言語中枢から響いてきた。

今、ある夕方の風景が健斗の脳内スクリーンに浮かんでいる。私がその風景を表現してみよう。小説のような文にはならないだろうが。

——どこかの空き地だ。斜陽は枯れた草や葉を落とした樹々に燃えたつような赤い光を注いでいる。空の一部は濃い藍色で、夜の帳《とばり》が降り始めている。そのコントラストが美しい。その美しさが凛《りん》として澄み切っている空気を見事に表現している。一匹の貧相な犬がいる。飼い犬だったのだろう。首輪をしている。しかし、捨てられたのか。小汚い身体を震わせている。

この光景に関わる脳内データを私は読む。健斗はその貧相な犬をファインダーから見た。その犬を通して自分の姿を見た。「生まれてこなきゃよかった」と言われた彼は、その犬の悲しみを撮った。空き地にいる彼はシャッターを押した。何度も押した。

さらに、ある記事が健斗の脳内スクリーンに映される。写真雑誌『一瞬』の記事だ。それは、タカ先生が東京からニューヨークに活動の場を移すと決めたこと、その決心の理由や今後の写真活動への意欲を語った記事である。

その記事とともに掲載された写真のデータも健斗の記憶脳から引き出されたときだった。パチクリと音がしたかのように、私の目が見開いた。何と、それは健斗が撮った写真だった。あの日の夕暮れどき、空き地で捨てられていたあの犬の写真……。写真の裏ページにあったタカ先生、すなわち高井和男のコメントが、脳内スクリーンに映される。

「作品タイトル『抱きしめて』。渡米する前に、どこにでもあるだろうが、人の心を揺さぶるような光景をたくさん撮った。日本の写真界で最も権威のある雑誌、『一瞬』で私の最新作を発表させていただけるのは光栄である」

何ぃ？　私の最新作だと？　おい、待てよ。それは健斗の作品だろう。タカ野郎は盗んだのか。あの野郎！　許せん！　何でそんなことをしたのだ？

まるで私の疑問に答えるかのようだった。別の雑誌の記事が健斗の脳内スクリーンに現れた。これは、ある写真評論家のコメントだ。

「高井和男氏はスランプに陥っていた。粗末な作品だと手厳しい批評を受けていた。素人がスマホで撮った写真の方がましだとさえ批判された。しかし、『一瞬』に載った最新作は秀逸である。しかも、これまでの彼の作品とは違っていた。日本を去る前に、彼は写真界の巨匠として驚きの才能を再び見せつけたのである」

そうか。なるほど。タカ野郎、いい写真を撮ることができなくなっていたのか。写真界の巨匠と呼ばれたのに、素人より下手とまで酷評されていたのか。それは気の毒だったな。だからって、写真家じゃなく盗人になってどうする！　しかも可愛がってきた健斗の作品を盗むなんて！

「タカの馬鹿野郎！」

私は叫んでしまった。腹筋すべてを使って、押し出した声だった。こらえきれなかった。怒りに任せて怒鳴るなんて、何をやっているのか。

「……ごめん」

私は謝った。そのとき、だ。不思議だ。一瞬だけど、健斗の脳内でやさしさホルモンが放出される。それが私を包み込む。北風に身震いをしているときに柔らかいショールをふんわりとかけてもらったような気持ちになる。彼自身がこんなに辛くて悲しいときなのに、私にやさしくできるなんて。

健斗は、ニューヨークに行く前のタカに会った。そのときの記憶動画が始まる。

——健斗はタカの仕事場に置かせてもらっていた写真やフィルムをカバンにつめる。それを見ているタカの顔が歪む。「色々なことを教えていただき、ありがとうございました。お世話になりました」と彼は礼を言う。頭を丁重に下げる。しかし、タカを責めない。タカの顔の歪みが増す。そして、タカの指が机の上で激しくタップダンスをする。

健斗の脳はさらに思い出してゆく。一昨日に起きたことだ。記憶脳からの動画は鮮明である。

――人々が集まっている。大人たちは喪服姿。子どもたちは制服姿、あるいは白シャツに黒のズボンやスカートという姿。きれいな水色の部屋。白木の祭壇、香炉、線香、ロウソク、鈴《りん》に焼香台。たくさんの花。ここは葬儀場。遺影の中で微笑んでいるのは、健斗のお祖父ちゃん――。

この動画が映っているとき、健斗の言語中枢にある神経細胞たちが反応する。

「お祖父ちゃんは交通事故で亡くなったの」

「そうか。お祖父ちゃんは苦しまなかったか？」

私は使者のくせに愚かなことを質問した。お祖父ちゃんは痛みから瞬時に解放され、安らかな旅立ちを迎えたはずだ。

「ううん、たぶん苦しまなかったって。叔父さんがそう言った。即死だったからって」

動画の葬式の様子から察すると、健斗以外、誰も悲しんでいる様子がない。交通事故で突然の別れとなったのに。

健斗の脳情報によると、お祖父ちゃんには四人の息子がいる。その四人と彼らの嫁たちが円卓で話し合っているシーンが健斗の脳内スクリーンに現れている。私は彼らの表情に注視する。怒りを露骨にむき出している。彼らの口はパクパクと激しく動いているが、彼らの声が私の耳に伝わらない。

このとき悲しみでいっぱいだった健斗は、その会話に集中していなかったようだ。ふむ、なるほど。彼がその会話をほとんど記憶しなかったために、彼の父親や叔父たちが話し合っているシーンは無言劇となっているのだな。

それでも、いくつかの単語が健斗の記憶脳に残っている。

イサン、ベンゴシ、イショ……。

私は合点した。なるほど、円卓に集まっていた彼らは遺産相続について話していたのか。お祖父ちゃんのご遺体がまだそこに横たわっていたのに。お祖父ちゃんの葬儀が終了した後に起こったことが、健斗の脳内スクリーンに映されてゆく。そのシーンの場所は、健斗の自宅である。彼の記憶脳は優秀なので、起こったことの詳細を正確に保存している。

――自分の部屋へ行こうとする健斗は、喪服姿の父親に呼び止められる。リビングルームに来るように命令される。部屋に入ると、父親にいきなり頬を殴られる。しかも激しい往復ビンタ。

「忌引《きび》きで学校を休ませたいとお前の担任に電話をした。そしたら、お前は十一月からずっと登校していないと担任が言ったぞ。お、お前って奴は何をしているんだ！」

父親が怒鳴る。そして、健斗の勝手な行動によって自分の立場がいかに不味《まず》くなるかを何度も力説する。弁護士だけに「お前がしたことは、名誉毀損《きそん》罪に相当する」とまで言う。

「担任も担任だ。一か月も登校していない生徒を放っておくなんて信じられん。親にも連絡しないままとは担任の職務怠慢だ。三流高校だからな。不登校なんて珍しくもないのだろう。とにかく、だ。来週の月曜日、父さんも学校に行く」

「え？　どうして？」

「お前の不登校を絶対に表沙汰にしないよう、学校側に圧力をかけるためだ。あの高校の理事長が自明党にいる。彼に連絡をしておく。万事うまく収めてもらう。健斗、今回は許してやる。しかし、今後は不登校なんて許さないからな。こんなことでも、父さんの面目は丸つぶれになる。次の選挙で衆議院議員に立候補もできなくなる」

疲れが、父親の顔にほうれい線でくっきりと表れている。

「来週の月曜日、お前は父さんと学校に行くんだ。いいな」

父親は大きなため息を落とす。足首に重い鉄の鎖でも付いているかのような足取りでリビングルームを出て行く。

この動画が健斗の脳内スクリーンで終了する。

やっと理解できたぞ。健斗がゲームをしていたとき、学校の理事長に連絡がついたと父親は吠えた。その理由はこういうことだったのか。

それにしても、すごく不愉快だ。父親は健斗が不登校になってしまった理由をなぜ知ろうとしない？　健斗が抱えている問題はどうでもいいのか？

父親に殴られた後、健斗は自分のベッドの中で泣いた。その泣き声が健斗の脳内によみがえる。

小さな子どものように泣きじゃくる声。この泣き声が響く今、健斗の神経細胞たちが悲しい信号を送る。無言で私に伝える。お祖父ちゃんはもういないの。僕は独りぼっち。誰も味方じゃないの。

高校生である健斗はわかっている。これは避けられない死別の悲しみで、何も自分にだけ与えられた苦しみではないと。しかし、お祖父ちゃんは彼にとって唯一無二の人だ。

「健斗、辛いね」

私は任務を遂行できないでいる。健斗を幸せにすることが少しもできていない。彼の脳内スクリーンで繰り広げられている回想動画を見ているだけだ。そして、一緒に悲しんでいるだけだ。

「でも、お祖父ちゃんはね、これからも健斗のことを見守ってくれる」

使者のくせに、私は何と愚かなことを言った。多くの人が口にする慰めだ。健斗にとって何の意味もないだろう。これからも、だと？

健斗の視覚と聴覚を司る神経が激しく活動し始めた。その神経伝達から、私は彼の行動を知った。彼は立ち上がった。上部がへこんだキャビネットの引き出しを開け、カメラを取り出した。彼はカメラを抱いた。そして、お祖父ちゃんと叫びながら、泣きだした。何という悲痛な声。

ああ、何ということだ。そのカメラ、健斗の宝物が壊れているではないか。もし許されるのなら、私は彼の脳から抜け出したい。そして、彼の心と身体の両方を抱きしめたい。

健斗の記憶倉庫の扉が突然開いた。お祖父ちゃんの葬式が終わった次の日、つまり昨日に起きたことを思い起こす。

コンビニにパン、弁当やお茶を買いに行ったことが健斗の脳内スクリーンにまず映し出された。それから、自分の部屋に戻ってきた後に起こったことが映写される。

——健斗は驚く。自分の部屋に母親がいる。いや、姿は母親だが、邪悪をむき出しにした化け物だ。化け物はニタリと笑う。持っていたハンマーを振り上げる。キャビネットの上にある彼のカメラを激しく打つ。ガシャン！恐ろしい破壊の音。化け物はハンマーを何度も振り下ろす。レンズが割れる。ボディが歪む。

健斗は駆け寄り、カメラを腕に抱く。

「馬鹿ね。もう壊れているわよ。次は、健斗の頭でも割ろうかしら」

「何で、こんなひどいことを」

化け物はハンマーでキャビネットの上を叩く。破壊音が響く。

「ひどい？　あなたのお祖父ちゃんはもっとひどいことをしたのよ」

「お祖父ちゃんが？」

「よく聞きなさい。いい？　孫はね、法定相続人ではないの。だから、祖父母の財産を相続できないわけ。でもね、あのお祖父ちゃんは法的に有効な遺言書を残したの。それによるとね、健斗、あなたも遺産を相続するの。だからね、あなたの叔父さんたちは激怒したの。そりゃね、そうだわ。あなたっていう相続人が増えたことで、叔父さんたちの相続分が減ってしまったのだから」

化け物はハンマーでキャビネットをがんがんと打ちつけながら、狂気の舞いを踊っている。

「孫の中で、なぜあなただけが遺産を相続できるの？　あなたの本当の母親はあばずれ。あなたなんかうちの子じゃないのに。あなたは落ちこぼれ。あなたは馬鹿野郎。私の息子は優秀なの。T大生なの。なのに、何で？　あのジジイ！」

化け物の口機関銃は言葉の弾を撃ちまくる。

「あなたなんか、死ね！」

化け物がけたたましく笑う。

この不気味な笑いを最後に化け物によるハンマー残虐行為の動画映写が健斗の脳内で終了した。もうこれ以上化け物を見たくないとばかりに、その記憶倉庫の扉がバタンと閉まった。

大きな衝撃が私の身体に再び走った。「生まれてこなきゃよかったのよ！」に続いて、今度は「死ね！」か。

学校での陰湿で残酷ないじめ。師匠タカの裏切り。自分を捨てた実の母親がいたこと。お祖父ちゃんの死。そして、両親からの言葉の毒。これらによる苦しみや悲しみが、健斗の脳内でポジティブシンキングの神経スイッチを一つ一つオフにしていったのだろう。

特に、だ。この育ての母、化け物の言葉は鋭い刃物だ。その刃物は健斗の脳を襲い、「何が何でも生きてやる！」の力強い物質を生成する部位を激しく傷つけた。さらに、彼女は彼のカメラを壊した。これはとどめの一撃だった。彼の心はこなごなに壊れた。その崩壊故に彼は肉体も滅ぼす決意をした。

健斗の脳の神経伝達による情報で、私は彼の行動を知った。壊れたカメラと懐中電灯をカバンに入れた後、再び机に向かった。

健斗の脳が指に「ラブラブビーナス」のゲーム終了を命じた。彼の視神経は脳にゲーム機の画面が真っ黒になったことを伝えた。

「いいのか？　あともう少しで、十万点のコインを獲得できるのに」

私の質問は無意味だ。十万点のコインが取れたところで、それが何だろう。

「ちょっとやりたかっただけ」

健斗の大脳内にある神経細胞たちが興奮する。ボールペンで紙に文字を書き始める様子の情報が、彼の視神経から脳に伝わっている。遺書を作成しているのだ。


父さん、許してください。

出来の悪い息子でごめんなさい。

高校受験を失敗してごめんなさい。

写真を撮ることだけに夢中になってごめんなさい。

不登校になってごめんなさい。

生まれてきてごめんなさい。

お祖父ちゃんのところに行きます。


私は健斗に心の中で問う。

暴力をふるった父親に何で謝らなければいけない？　出来が悪いって何を言っている？　あんなすばらしい写真を撮っているのに。不登校になった原因は、学校でいじめに遭《あ》ったからだろう？　健斗のせいじゃない。父親や母親に毒の言葉を浴びせられ、師匠であったタカに作品を盗まれ、母親にカメラを壊された。そんな辛い目に遭わされたのに、何で謝るのだ？「生まれてきてごめんなさい」なんて、何でそんな悲しいことを書く？

「キラリさん、もう少し一緒にいてくれる？」

「もちろんだ。ずっと一緒にいる」

健斗に頼まれなくても、私は彼に最後の一瞬まで寄り添う。

私は死神様の使者だ。R.I.P.（レスト イン ピース）――安らかに眠れと死後の世界へ健斗をいよいよ導くことになる。

これから自殺する健斗に幸せを与えたかった。しかし、彼が背負った悲しみがあまりにも大きいため、ただ心の中で涙を流しているだけだった。私が彼のためにできる唯一のことは、死に至る前の苦しみと痛みからすぐに解放してあげることだけだ。

健斗の脳に伝えられた視覚情報によると、ダウンジャケットを着た彼は家の玄関にいる。運動靴をはいて、外へ行くところだ。そこで、彼の情動系神経回路が激しく活性化する。不安ホルモンのレベルが脳内で一気に上昇する。

「健斗、今時分にどこへ行く気だ？」

その声の主は父親だ。語尾に「正直に答えろよ」と脅しが付いているかのような尋ね方だ。健斗の脳に伝達される聴覚情報により私は彼らの会話を理解する。

「あ、あの、学校に。プリントを取りに」

「プリント?」

「は、はい。宿題です。その、金曜日にいっぱい出たらしくて。友達が、あ、あの、僕の机の中に、そのプリントを入れたって。あ、その友達がラインで知らせてくれたから」

健斗はいつもより多弁だ。しかし、刑事に尋問されている犯人のように声が震えている。宿題のプリントを取りに行くと咄嗟《とっさ》によく思いついたものだ。夜遅くコンビニにプリンを買いに行くと言えば、父親に怒られ、外出を阻止されるはずだ。

それにしても、父親は何も感じないのだろうか。自分の意志でもうすぐ別世界に旅立つ息子から、死の気配を感じないのだろうか。父親の顔についての視覚情報が健斗の脳に伝えられている。それによると、何かを察知して心配そうにしている顔つきではない。何と厳《いか》めしい顔。人間が持つさまざまな感情の中で、怒りだけはうまく表現できる顔だな。

「そうか、わかった。ただし、まっすぐに帰ってくるのだぞ。家の鍵は持っているのか？」

「あ、はい。持っています。そ、それじゃ、行ってきます」

健斗の皮膚感覚神経が脳に温度情報をすばやく告げた。彼はようやく外へ出たのだ。小脳の神経細胞たちが活発になっている。彼が目的地に向かって走っているからだ。

しばらくして健斗の身体が静止した。呼吸や心臓の拍動がかなり速くなっていた。彼の脳は外からの音情報を処理することに忙しくなった。枯葉が風に舞う音、バイクの改造マフラー音、踏切警報器の音――。

視覚情報も健斗の脳に伝わった。それにより、私は彼の立っている場所を知った。彼は学校の前にいた。行き先まで父親に嘘をつけなかった。

健斗の脳は校門の向こう側に入ることを命じるだろう。彼の視覚情報によると、校門はいかにも重そうな鉄の格子戸だ。それにその門には鍵がかかっているはずだ。よじ登って、ひらりと校内側に飛び下りるしかないだろうと私は思う。

しかし、私の考えはあっさりと否定された。健斗の筋肉は跳躍ではなく門を横に引くことに使われた。楽々と開けて通過し、門を閉じたようだ。

まったくの暗闇ではない。健斗の視細胞は光の情報を受容している。近くにある高速道路や国道の照明塔の光。そして、満月の光。

新たな視覚情報が健斗の脳に届いている。校舎の姿の情報。校舎はひょろりと縦に長い。何と七階もある。そして、月の姿の情報。月は妖しいまでに美しい。まばゆいばかりに輝く光の手を彼に差し伸べながら、ここに昇って来るがよいと誘っているようだ。

健斗の身体がその校舎の中に入ったのを私は感じる。懐中電灯と満月の光だけが頼りだが、彼の視神経は校内の様子の情報を脳にしっかりと伝達している。行くべきところに向かっている――そんな自然な動きで彼の足取りは軽いようだ。

健斗は屋上に到達したみたいだ。夜景の視覚情報が健斗の脳に伝わっている。この屋上からの夜景は美しい。キラキラと輝いている。褒《ほ》め過ぎだろうか、夜景百選に選ばれてもおかしくないほどだ。月の光と街の灯りに抱かれて、彼は人間界での最期の一瞬を迎えるのだ。そして、冥界からの光に包まれるだろう。

私はポケットに入っている神経毒の袋を確認する。私の指は麻酔薬が入った袋にも触れる。手順は簡単だ。まず、脳全領域を一気に破壊する。そして、心臓の動きを止める。

健斗の脳が身体に行動を命令した。その伝達情報により、私はそれらの行動を知った。カバンからカメラを取り出し、それをストラップで首からぶら下げた。壊れたカメラを両手でもう一度抱いた。

健斗の視覚情報によると、屋上にある金網フェンスの高さは二メートルほどだ。長身の彼は簡単によじ登ることができるだろう。フェンスの最上部には忍び返しが設置されていない。そこには人が座れるような鉄板がある。

健斗の脳はあと三つの行動——フェンスをよじ登ること、フェンスの上部に座ること、そして夜空に羽ばたくことを命じるだろう。

「一緒にいてくれてありがとう。もう、一人で大丈夫」

「健斗、私は最期まで一緒にいる」

汗が私の額にじわりと浮かぶ。これから健斗の脳と心臓に毒を撒《ま》くのだ。彼の脳の一部は絶望のために病んでいる。しかし、これから生きてゆけば、希望が必ず見つかる。そうすれば、その脳部位は再び元気に機能する。彼の心臓は規則正しく健康的に拍動している。これからも生きると信じているかのように、身体の各箇所に血液を送っている。なのに、私は彼の脳と心臓を破壊するのだ。それが私の使命——。

次の一瞬だった。少女の切ない声が私の脳裏によみがえった。

「もっと生きたい!」

彼女はそう切望していた。しかし、彼女の身体は病に蝕《むしば》まれていた。もはや助からない命だった。この彼女は誰だった? 覚えていない。私は使者として彼女に寄り添ったのか？　いや、違う。では、誰だ？

「死にたくない……もっと生きたい」

その声は、私が死神様に背く起爆剤となった。R.I.P.だと？　冗談じゃない！　そんなこと、できるか！

「そろそろ、行くね。お祖父ちゃんが……」

「ダメだ！　ダメだ！　ダメだ！　健斗、死ぬな！」

私は健斗の言葉をさえぎっていた。

「安らかに眠れ、だと！　ふざけるな！　R.I.P.をやっている場合か！　生きろ！　健斗、生きるのだ！」

健斗の神経細胞たちがシュパッ、シュパッと電気信号を発した。人生最期の儀式をしめやかに行うはずだったのに、私にいきなり怒鳴られたからだ。しかし、その信号もすぐにやんでしまった。

健斗の脳の一部は大きなダメージを受けている。しかし、再起不能とも、もうダメだとも私は思っていない。その脳部位は元気になると信じている。

信じると、不可能は可能になる。

健斗も過去に生きている喜びを感じた。生きたいと力強く思った。よし、それらを思い出してもらうぞ。

死神様からいただいた能力を使って、私は健斗の記憶脳の扉を開ける。キンキラアニメ、キラリちゃんの記憶動画データを引き出す。まず、彼の脳内にテーマソングが響き始める。私も彼の脳内でこっそりと聴いた歌だ。

涙をこぼすあなたは、心やさしき人
辛い思いに耐えるあなたは、心強き人
私を必要とするあなた
愛している、愛している、愛している
私はあなたを幸せにするために来た

キンキラアニメのキラリちゃんの姿も健斗の脳内スクリーンに現れている。

過去のデータによると、彼女の美しくたくましい姿を見たときはいつでも、彼の脳は滋養強壮剤を飲んだ後みたいに元気になった。しかし、だ。今、気分を高揚するホルモンはまったく放出されていない。
テーマソングは美しいコーラスで盛り上がる。

私はあなたのために戦う
あなたを守る
どんな悪にも負けない
星に誓う
私はキラリ・ビーナス
ビーナス、ビーナス

アニメのキラリちゃんが一層輝いている。脳がまったく元気だったとき、健斗はバックコーラスと一緒に「ビーナス、ビーナス、ビーナス」と歌っていたデータがある。しかし、だ。彼の感情に関わる神経細胞たちはこの歌に無反応だ。

私は記憶動画のデータをさらに引き出す。

「健斗、これを見ろ！」

私はその動画を映した。全国フォトコンテストの表彰式のときのことだ。

――表彰式の会場にはたくさんの人がいる。

「最優秀賞に輝いたのは、東京都X区森本高校の高橋健斗さん！」

表彰式の司会者の声。拍手の嵐。審査員たちは健斗の作品を惜しみなく褒《ほ》め称える。健斗は賞状とトロフィーを受け取る。表彰式に参加しているお祖父ちゃんの方を彼は見る。お祖父ちゃんは本当に嬉しそうだ。

その動画が終わったと同時に私は叫んでいた。

「最優秀賞だ。たった一人、健斗だけが成し遂げたのだ。見ただろう！　あのお祖父ちゃんの嬉しそうな顔。人をあんなにも幸せにできた。聞いただろう！　あの拍手を。人々はあんなにも称賛した。君の写真はたくさんの人を感動させたのだ」

「お祖父ちゃん」

健斗の脳内では、言語中枢にある神経細胞たちだけがためらいがちに少しだけ活動しようとする。しかし、情動領域は静かだ。その領域は死への旅立ちを静かに待っている。「もう一度、頑張ってみるか」という意欲物質がどこからも放出されない。私は祈る。どうか、どうかこの領域が元気になりますように。生きる力がよみがえりますように。

「生きていても辛いだけか？　そう、絶望しかないのか？　それならなぜ『光が救う』の写真を撮ることができたのだ？　希望を見出す力を内に秘めているからだろう。違うか！　健斗！」

私の叫びは激烈化していた。支離滅裂な言葉になってゆく。

「健斗、君は天才だ。すばらしい写真を撮る才能に恵まれている。よい子だ。美しい子だ。生まれてきてごめんなさい、だと？　謝るな！　いいか、聞け！　君は大切な子どもだ。この世に必要だ。生まれてきてくれて、絶対にありがとう、だ！」

よし、次の記憶動画を映すぞ。お祖父ちゃんに新しいカメラを買ってもらったときのことだ。場所はカメラ店内だ。

——お祖父ちゃんがにっこりと笑っている。

「高校入学、おめでとう」

「お祖父ちゃん、ありがとう。大切にするね」

健斗はお祖父ちゃんに頭を撫でてもらう。店の人や買い物客が自分たちを見ていると彼は感じる。お祖父ちゃんの孫だけど、もう小さな男の子じゃないと思う。彼は少し恥ずかしい。でも、すごく嬉しい。

この動画を見た私は思う。これから自らの命を絶とうとする健斗にこんな幸せなときがあったのだ。そう、どんな人にも幸せだったときが必ずある。

私は再び叫ぶ。

「健斗！　いい子いい子をしてもらったときの感触を覚えているだろ。こんなにも愛されたのだ。どうか、どうか生きてくれ！」

大好きなお祖父ちゃんを思い出したからか、幸せホルモンが健斗の脳内で放出された。しかし、それはほんの束の間だった。そのホルモン放出により発生したスパークは、火玉がもう燃え尽きそうな線香花火が寂しそうに放つ光に似ていた。

健斗の大脳内で神経細胞たちがようやく活性化した。しかし、それは生きる意欲を取り戻したからではない。屋上のフェンスをよじ登れと大脳が身体に命令を下したからだ。

「健斗、やめろ！　登るな！」

私は涙でぐちゃぐちゃの顔になっている。変顔で叫ぶ。叫ぶと、もっと変顔になっているはずだ。

「お願いだ！　生きてくれ！」

私の叫びは健斗の行動を抑制する力にはならなかった。大脳の指示を受けたため、手足の力の入れ具合とバランスを調節する、彼の小脳にある神経細胞たちが激烈な活動をした。

どうやら健斗はフェンスの上部に座ったようだ。彼の視覚情報による夜景には、金網がもはや映っていないからだ。

死神様は健斗の臨終をお定めになられた。彼はこの世から旅立つことを決め、死神様の足元にひざまずいた。そして、この両者による決定は揺るがない。

それでも、私は死後の世界へ健斗を送ることに抵抗する。無駄《むだ》だとわかっていながら、奇跡が起こると信じたい一心だ。記憶倉庫から彼が撮った写真のデータをどんどんと引き出す。それらの写真を彼の脳内スクリーンに映し出す。

そして、叫ぶ。

「こんなにも才能があるのだ。健斗、生きろ！」

大きな変化が健斗の脳内で起きた。彼の脳は写真の記憶がよみがえるのを急に拒否した。映し出されていた写真が脳内スクリーンから瞬く間に消え去った。

その直後だった。

「健斗！　やめろぉ！」

誰かの叫び声が健斗の脳内に鳴り響く。ああ、何ということだ！　感情に関わる神経細胞たちがいっせいに激しく興奮し始めたではないか！

千数百億もの神経細胞で構成されるネットワークの脳。電気信号が神経細胞内ですばやく美しく流れている。何ときらびやかで力強い。これが本来の脳の活動状態だ。

「やめろ！　動くな！　そこにいろ！」

それは健斗の父親の声だ。少し前に聞いたとき、唯我独尊の権化のような父親の声には威厳があった。皆の衆を平伏させるような勢いもあった。しかし、今の声は切実で波を打つように揺れている。

父親の姿が健斗の脳内スクリーンに浮かんでいる。

父親は何という姿だ。サウナの中にいる人のように、汗だくである。どこかで派手に転んだということか。血が鼻と口から流れている。泥が額や頬に付いている。家から慌《あわ》てて飛び出してきたということか。部屋着のままだ。

「お祖父ちゃんのところに行くって、それは間違っているぞ」

父親は健斗の遺書のことを言っているのだ。

「人間は死んだら、おしまいだ。だから、お祖父ちゃんのところなど存在しない」

この父親らしいセリフだと私は思った。自殺しようとする、そのことが間違っていると指摘するのが普通の父親だろう。死後の世界が存在しているかどうか、自分の考えを述べている状況じゃない。

「出来の悪い息子でごめんなさいだと？」

血と泥にまみれた父親の顔が健斗の脳内スクリーンで少しずつ大きくなる。父親が彼に近づいているということなのか。

「高校受験を失敗してごめんなさい、写真を撮ることだけに夢中になってごめんなさい、不登校になってごめんなさい……だと？」

父親の言葉一つ一つが力強く響く。健斗の脳は情報処理で忙しく働く。

父親の顔がクローズアップされている。怒り表情筋が発達しているので、彼の顔は普段から怖い。今の顔は狂気すら漂わせている。

「ごめんなさいって、それは何だ？」

父親の言い方は、堅気でない方が因縁をつけているようだ。

「健斗、辛いのか？　生きているのが嫌か？　わかった。だったら、死ね」

次の一瞬だった。私は衝撃を受けた。涙だ。健斗の脳内スクリーンに映る父親の両目から涙がボロボロとこぼれているではないか。そのクシャクシャに歪んだ顔。涙、血と鼻水で濡れた顔。ブサイクなのに、いい顔だ。

「そんなに辛いのなら、死んでもいい。だが、これだけは言っておく。間違っていたのは、父さんだ。健斗が謝ることは何一つない」

父親は「ごめん。ごめんな、健斗」と何度も謝る。おお、健斗の脳内で愛情ホルモンが多量に放出されているではないか。彼は父親を決して嫌っていたわけではない。いや、むしろ、父親に傷ついた心を抱いてもらいたかったのだ。嘘でも何でもいい、父親に愛されたかったのだ。

「生まれてきてごめんなさい、そんなことを言ってくれるな。お前が生まれたとき、父さんは喜んだ。ものすごく、ものすごく……。生まれてきてくれてありがとうって、心から思った」

「嘘だ！　喜んだなんて、嘘だ！　僕、知っている。僕の母親は父さんの浮気相手なんでしょう！」

「浮気じゃない！　本気だった。初めて本気で愛した女性だった」

「嘘だ！　お金で解決したくせに！　お金をもらったら、その人は僕のことを捨てた！」

「金で解決した？　お前を捨てた？　それ、何の話だ。お前の母親は亡くなった。かなり無理をしたからな。お前の母親は自分の命と引き換えにお前を産んだ」

「亡くなった？　どういうこと？」

父親の声が健斗の脳内に響き続ける。健斗の脳内スクリーンに映った父親は長々と語る。私はそれをまとめる。

——健斗の産みの母親には腎臓に持病があった。子どもを産めるほど丈夫ではなかった。だが、お腹の子どもの命を絶つ手術は絶対に受けないと決めた。愛する人と一緒になるため、父親は本妻に離婚を切り出した。多額の慰謝料の支払いを約束した。しかし、離婚されることは恥と信じる本妻は首を縦に振らなかった。もちろん、本妻との間にも子どもがいたので、父親は罪悪感を抱いた。離婚の話は難航した。健斗を産んだ後、その女性は帰らぬ人となった。結局、健斗は父親と本妻に育てられることになった。

父親の長い話は続く。私はそれをさらに要約する。

——健斗が全国フォトコンテストにおいて優秀な成績を収めたことを父親は喜んだ。しかし、健斗が写真家として生きてゆくことに賛成できなかった。一流大学から高収入保障の出世街道——このルートを切り開くことができた男だけが人生の成功者だと父親は信じてきたからだ。それ故に、写真を撮ることだけに夢中になっていた健斗を叱った。

愚かな見栄もあったと父親は付け加えた。本妻との間にできた息子と同じくらいに、愛する人との間にできた健斗も優秀であって欲しいと願った。

「父さんが間違っていた。健斗には辛い思いをさせた。本当に申し訳ない。許してくれ。どうか許してくれ」

父親の長い話が謝罪の言葉で終わった。そのとき、だ。健斗の脳が行動指示を出した。神経の伝達情報により、私はその行動を知った。健斗はフェンスから身体を離し、夜空に飛翔した。そして、月の光に身体を委ねた。

「父さん！」

それが健斗の最期の言葉だった。

「R.I.P.——安らかに眠れ」

私はついに神経毒を放つ。その粒子は幸せに包まれたままの脳全領域を一気に破壊するために舞う。強い麻酔薬の粒子とともに。

父親の姿は健斗の脳内スクリーンからすでに消えている。私は健斗の心臓に移動する。私はもちろん知っていた。父親は現実ではここ屋上に現れなかったことを。父親が「健斗！　やめろぉ！」と叫ぶことから始まり、「どうか許してくれ」と謝ることで終わるフィクションドラマが、健斗の脳内スクリーンで繰り広げられていたのだ。

死を覚悟したときから、健斗は脳内でこのドラマを制作し始めた。現実には絶対に起こり得ないとわかっていながら、渇望してやまないことをドラマに盛り込んだ。健斗の空想の翼は広がった。

「お前が生まれたとき、父さんは喜んだ」

「生まれてきてくれてありがとう」

「お前の母親は自分の命と引き換えにお前を産んだ」

健斗は父親のセリフを次々と創作した。そして、このフィクションドラマを何度も思い返した。そのとき、彼の脳神経はこの上ない幸せで痺れた。このドラマは海馬に記憶された。

私は記憶倉庫にあった写真の画像データを次々と引き出していた。しかし、健斗はもう写真のことを考えたくなかった。命を終わらせる前にもう一度思い出したかったことは、父親を登場させた、その虚構のドラマであった。

私の手から放たれた毒は健斗の心臓も破壊する。私は光が舞い降りるのを感じる。死滅した心臓から出る。群青界すなわち冥界からのあたたかい光が健斗をやさしく抱いている。私は彼の身体から魂を遊離させる。彼の肉体は地上に落下していくが、彼の魂を抱いた光は上方にゆっくりと昇っていく。

脳内で任務が遂行できるほど微粒子サイズだった私は、本来の大きさをすでに取り戻している。後ろを振り向くことなく校門に向かって歩く。美しく寡黙な月は校庭を青白く照らす。葉の落ちた木々の枝が風に打たれて悲鳴に似た音を立てる。

鉄格子の校門を飛び越えたが、そこで立ちすくんでしまった。任務を遂行すれば、私は冥界へすぐに戻る。なのに、今宵はどうかしている。なぜここに立ったままでいる？　まだ何かあるのか？

不吉な予兆だろうか、凍った星が異様な光を放っていた。

骨がカタカタと鳴る音を聞いた。そして、半ば走っているような、半ば飛んでいるような骸骨の姿を見た。
「キラリちゃ～ん！」
黒いフード付きマントを着た骸骨は、しわがれた声で私の名前を呼んだ。
健斗の脳内に入る前に叩きのめした骸骨だった。星のお告げは正しかった。
不吉到来だった。その骸骨が私の近くで止まったと同時に、ファイティング
ポーズをとった。
「おい、おい、俺は怪しいモンじゃねえ。ん、もう。健斗の部屋でしこたま
殴っただろう。お陰で気を失ってしまったわ。そうそう、キラリちゃんのパ
ンチでヨ、目玉が転がり落ちてしまったぜ。探そうにも、目玉がないから苦
労したわ」
私の顔を見ながら、この骸骨は降参をするように両手を上げている。その
くせ、カタカタと笑っている。
「骸骨というだけで十分に怪しいわ。魔物が何の用だ？」
「ヘッ？　魔物？　いやいや、魔物じゃないってば。あんな奴らみたいに醜

くないっちゅうの」

「じゃ、お前は誰だ？」

「へえ、俺のこと知らねえの。俺はヨ、正義の味方、カマよ」

なるほど、これが噂のカマか。スキャンダルが大好きな使者と偶然会ったとき、カマのことを聞いたことがある。北風が吹く。路上に落ちていた枯葉がカサカサと渦を巻いて舞い上がる。カマがさらにカタカタと笑う。

「笑うな！」

「いやいや、笑ってないって。寒いからヨ、勝手に歯が震えるのヨ」

骨だけになった身体が寒さを感じるのかと不思議だった。

「そのカマが何の用だ？」

「用はないけどヨ。また会いたくて。キラリちゃんは美人で強いねぇ。アァ、強い女もいい！」

「気色悪い声を出すな！」

気のせいだろうか。カマの眼球がハート形に見える。それに頬骨がほんのり桜色に染まっている。

「ま、聞いてくれヨ。俺は戦国時代に生きた農民ヨ。村中で一番美しかった村中一美《むらなかいちみ》という女がいたのヨ。キラリちゃんと同じくらいべっぴんだった。その一美がヨ、俺に惚れていたさ」

私は口を結んだ。スキャンダル好きの使者の情報によると、カマは悪者からイチミという美女を守った武勇伝、成績優秀で使者になった経緯の話、そして正義の味方として活躍している自慢話を長々とするらしい。いわゆるカマデマ物語だ。無力を感じている今、下らない嘘話に付き合うつもりはない。

「俺は一美を守って殺されたのだわ。え？　何があったのかって？　いい質問だねぇ。俺の村も戦場となってヨ」

カマは講談の口演をしているように一生懸命だが、私は軽く聞き流している。私の脳はそれを処理する余裕がない。健斗の父親のことを考えている。

学校にプリントを取りに行っただけなのに、健斗が帰って来ないと父親は心配するだろうか。そして、学校に駆け付けるだろうか。いや、あり得ない。

健斗に往復ビンタを食らわした野郎だ。健斗が不登校になった理由を聞くこともなく、頭ごなしに怒鳴りつけた野郎だ。自分の地位や名誉だけを守りたい野郎だ。そんな父親が健斗を心配するわけがない。

冬の精が地上に冷たい息を吹き付ける。白い雪がヒラリヒラリと舞い始める。校庭に残された健斗の身体の上にも雪が舞い落ちているだろう。彼の魂は冥界に旅立っている。それでも、グシャグシャに潰れた身体が冷たい土の上にいつまでも放置されているのは、あまりにも悲しい。

興奮したカマの声で私の考えは中断する。彼は武勇伝をまだ語っているようだ。

「兵士が食料を奪いに来た。その上、女たちを襲いやがった。さあ、大変だ。一美も危うし。そこに正義の味方、カマが参上した！」

参上したとカマが言ったとき、ふと疑問が私の頭に浮かんだ。

私はマントに包まれたカマの両肩をがっちりとつかんだ。このアホは何を考えたのだ。顎を引き上げながら歯だらけの口元を私に向かって寄せている。

表情筋をまったく持たないくせに、その顔には熱っぽいうっとり感を漂わせている。雪がその熱で溶けたのだろう。ぽっかり空いた鼻の穴から水が垂れている。まぬけ面だ。

「なぜお前は健斗の部屋に参上した？」

私はカマの両肩を激しく揺らした。カタカタカタカタカタと彼の歯が鳴った。

「カタカタぬかすな！　何のために来た？　正直に吐け！」

「その、か、肩を揺するの、やめてくれヨォ。は、は、歯があちこちに動いてヨ、しゃべりにくいの」

私はカマの肩から手を離す。彼が残念そうにつぶやく。

「ちぇっ。接吻をしてくれると思ったのにヨ」

「何だと？」

「いや、その、一美とのことを聞いて、キラリちゃんは嫉妬しちゃったのかなぁって。こう見えても、俺は美少年だったぜ」

「嫉妬だと？　アホか、お前は。こう見えてもって、骸骨にしか見えないぞ。

もう一回ボコボコにしてやろうか?」

「あ、はい。すみません。で、何だった? 俺が健斗の部屋に行った理由、ね。いやぁ、俺もびっくりしてヨ。何十年、いや百年間くらい使者として何もしていなかったのヨ。なのに、健斗の脳内に入れって死神様から急に命令をされたのだわ」

私は驚いた。死神様は私とカマに同じ命令をなさったのか? 健斗の脳に二人の使者をお送りになったのか? 死神様でもミスをなさったのか?

「ま、正義の味方としての仕事が忙しかったけどヨ、承知したさ。いやぁ、びっくりこいたわ。美人使者で有名なキラリちゃんがいたからヨ」

私は首を横に振った。いや、死神様のミスではない。死神様はお見通しだったのだ。

「おぉっ! 首なんか振って、ご謙遜しちゃってヨ。美人で有名なのは本当、本当」

人の終焉《しゅうえん》に寄り添うことを死神様から命令されると、使者は疾風のごとくその人の脳内に入り込まなければならない。迷ってはならない。一刻の猶予もない。快楽殺人をする魔物が襲ってくる危険があるからだ。なのに、私は一瞬ためらった。健斗は自ら命を絶つべきではないと私情をはさんだ。死神様は私の甘さにお気付きだったのだ。だから、魔物の来襲を懸念され、いつでも暇なカマもお送りになったのだろう。いくら私に甘さがあるとしても、だ。念のための使者としてこんなアホをお選びになるとは……。

「結局ヨ、キラリちゃんが健斗の脳内に入ったから、俺は仕事にまたありつけなかったわ。ま、いいってことヨ。キラリちゃんとこうしてお近づきになれたし。そうそう、すごかったわな。『R.I.P.をやっている場合か！　生きろ！』なんて怒鳴った使者はキラリちゃんくらいだわ。残念ながら、健斗は旅立ったけどヨ」

他の使者がどのように任務を遂行したのかを一瞬で知る能力、これは使者が持つ能力の一つだ。なるほど、カマは腐って骸骨になってもまだ使者なのだ。

それにしても私は愚かな使者だ。健斗の脳内に入ることをためらっただけではなかった。死神様と健斗の両方の意志に反して、生きろと感情的に叫んでしまった。多情多感過ぎる。

冬の精がさらに長い息を落とす。落ちて来る雪は風に吹き上げられ、狂ったように舞っている。その雪の向こうにある暗がりから誰かが走って来るのが見える。走るというより、前へ前へと身体が急いで転がっているみたいだ。

「え？　キラリちゃん、何を見ているの？」

私がその走って来る男を注視していたので、カマも振り返った。

「ひゃあ。あ、あれって健斗の親父さん？」

死神様はカマにも健斗に関する情報を当然お与えになった。だから、その男が健斗の父親だとカマもわかったのだ。

父親は私とカマの横で一度止まった。日頃の運動不足のせいなのか、呼吸が激しく乱れていた。彼には私たちの姿が見えない。

「ひどっ、ひどい顔！」

カマのコメントどおりだ。私も驚く。今の父親の痛々しい姿は健斗が空想していたそれと似ているからだ。焼けるような日差しの下を走って来たかのように、汗が流れ落ちている。どこかで転んだのだろう。血が鼻と口から出ている。泥が顔のあちこちに付いている。慌《あわ》てて駆け付けたのだろう。スエットシャツにパンツ姿だ。

呼吸が少し落ち着いた父親は、鉄格子の校門を開けた。そして、校内に入った。私とカマも後に続いた。

「健斗！　どこだ？　どこにいる？」

父親は叫びながら、七階建ての校舎にある通り抜け通路を走った。月の光に導かれているように、彼は校庭に向かった。

「あああああ！」

父親が健斗を見つけた。スポットライトを当てているかのように、月が健斗の身体の上に光を注いでいた。父親はそのライトの中で崩れるようにしゃがんだ。

「け、健斗ぉ。健斗ぉ」

父親は右手で健斗の身体を軽く揺すった。

「起きろ。健斗ぉ、な、起きてくれ」

そして、両手で健斗の上半身を抱きしめた。

「い、家に帰ろう。帰るぞ……」

健斗の顔は血まみれで、かなり変形している。生前の美しさはない。それでも、父親は頬を寄せる。父親だから、こんな姿になってしまった息子でも抱くことができるのか。

「け、健斗ぉ！　健斗ぉ！」

父親は何度も呼ぶ。彼の顔は血で真っ赤になっている。

「嘘だ！　嘘だぁ！　う、嘘……。う、ううう っ」

みぞおちを殴られたときに発する呻き声のようだ。その後、彼は狂乱したかのように咆哮を絞り出す。

「うおおおおお」

父親の震える背中を見ていた私は、狂おしい感情が腹の底から突き上げてくるのを感じる。それに耐えるように、奥歯を噛《か》みしめる。健斗は最後の一瞬まで父親に抱かれることを待っていた。それが今になってやっと叶うとは……。

「ううう、ああああああああ！」

何という悲痛な声。おのれの立場だけを考えていた父親ではなかった。こんなにも、こんなにも健斗を愛していたとは。

もし許されるなら、我が神、死神様にお伺いしたい。なぜ、健斗の死をお定めになられたのだ？　死神様ならご存じだったはず。父親が健斗を愛し、健斗も父親を愛していたことを。それなのに、なぜ二人にこんな残酷な結末をお与えになったのだ？　死神様よ、あなた様は冷酷だ。

これからも私は任務を授かるだろう。自ら命を絶とうとする人の脳内にも入るだろう。しかし、任務に忠実な使者にはならない。我が神、死神様のご意向に逆らっても、無力で愚かな私は叫ぶだろう。何度でも叫ぶだろう。生きろ。生きてくれ。身体が元気なのに、脳が先走って死を選んではいけない。信じろ。脳もきっと元気になる。だから、少し我慢してくれ。どうか、どうか生きてくれ。

「クククククッ」

誰かが苦しむような声を聞いた。私はカマに視線を移した。

何とカマは号泣しているじゃないか。マントで涙と鼻水を拭いている。ナメクジが通った跡のような銀色の筋がいくつも黒の布地に走っている。

「ククククククッ……好きだという気持ちはヨ、ちゃんと伝えて欲しいわな。好きだって言われると、生きてやろうって誰しも元気になるからヨ。クククククククッ……」

カマは不気味、不吉、不潔で不細工と女子使者の間で不評だと聞いている。しかし、憎めない奴だと私は思う。ほんの少しだけだが。

「も、もしもし。あ、ああっ。む、息子がぁ。救急車をお願い――」

父親がスマホで救急車を呼んでいる。もうすぐここにたくさんの人が駆け付けるだろう。

父親にとっての苦難がこれから始まる。

新聞、雑誌やテレビなどが、『若者の自殺を防止する会』の全国会長の息子である健斗が自殺したことを大々的に報道するだろう。マスコミ関係者は、彼がいじめに遭《あ》っていたことを突き止めるはずだ。いじめから子どもを守ることで実績のあった弁護士の息子がいじめに遭っていた。このことも大きなニュースとなるだろう。

健斗を守ることができなかった父親を厳《きび》しく批判する人々も多いはずだ。SNSで父親を傷つけるコメントが飛び交う可能性は高い。父親は、弁護士あるいは会長として活動を続けることができるだろうか。

マスコミ関係者は父親の過去を暴き、健斗の出生の秘密も世間の目に曝《さら》すだろう。この男女関係のスキャンダルのため、父親は大学学長の地位も失うかもしれない。与党自明党で活躍してきたが、衆議院議員に立候補することは無理となる。

これまで多大な功績があっても、一度だけ発生した好ましくない事件で人はすべてを失うこともある。世間は人を厳しく裁くからだ。

連絡を終えた父親は、健斗をしばらく見つめていた。しかし、突き上げてくる悲しみに耐え切れなくなったのか、再び泣きだした。

我が神、死神様よ、この絶叫をお聞きになるがよい！　残された親の悲しみがどんなに深いかご存じであるはず！　それでも、若者の自殺をお定めになるのか！

高校生が深夜に校舎屋上から転落

十二月四日深夜、東京都X区にある森本高校の校舎屋上から、同校の生徒である高橋健斗さんが転落。健斗さんが校庭で倒れていたのを父親の高橋雅一郎氏が発見し、救急車を呼んだ。しかし、全身を強打した健斗さんはすでに死亡。警察は詳しい事情を調べている。（十二月五日付『読買新聞』夕刊）

高校生の天才写真家、留学を前に悲劇

十二月四日深夜、東京都X区にある森本高校の校舎屋上から、同校の生徒である高橋健斗さんが転落して死亡した。父親の高橋雅一郎氏の話によると、健斗さんは夜景の写真を撮るために森本高校へ行くと家を出た。健斗さんの帰りが遅いことを心配した高橋氏は学校に出向いた。健斗さんが校庭で倒れていたのを発見し、救急車を呼んだ。健斗さんはすでに心肺停止状態であっ

た。全身打撲による死亡が搬送先の病院で確認された。

健斗さんが夜景の写真を撮るため屋上のフェンスの上部に登り、身を乗り出したことで転落したと警察はみている。警察は自殺および他殺の可能性を否定していることが、捜査関係者への取材でわかっている。校門における防犯の設備ならびに屋上における事故防止の対策が不備であると学校側は注意喚起を受けている。

健斗さんは東京都の中学生写真コンクールで優勝、さらに全国フォトコンテストの高校生部門で最優秀賞受賞。来年、アメリカにある私立ジュール芸術専門学校に留学することが決まっていた。健斗さんは今年十一月より学校を休んでいた。芸術学校からの課題と語学勉強に専念させるための休学届が父親の高橋雅一郎氏から提出されていたと森本高校校長は説明している。なお、夜景の写真はその課題の一つであったという。（十二月六日付『読買新聞』夕刊）

群青界すなわち冥界での裁き

冥界はブルーサファイアの石の中のようだ。果てしなく続く群青。一点の曇りもなく澄み切っている。

冥界に送られた魂は番人により神殿に導かれる。神殿の前には世界中から来た魂が並ぶ。どの魂も審判の神様による裁きを受けなければならない。

今、一つの魂が裁かれようとしている。楽園に行くかあるいは地獄に落ちるかの判決を受ける。魂の名は高橋健斗。

審判の神様は、健斗が人間界でどのように生きたのか、そしてどのようにその生を終わらせたのかをすでにお見通しである。彼が残した最期の言葉「父さん！」からだけでも、彼が何を求めて生きていたのかをご理解される。

冥界に健斗の魂を送った使者のデータについてもご存じである。使者の名前はキラリ。生前の名は中村翼。勇敢で美形の少女。趣味はキックボクシング。彼女が残した最期の言葉は、「もっと生きたい」だ。重い病に蝕《むしば》まれ、十六歳の若さで死去。

審判の神様は一瞬お考えになる。厳《おごそ》かで麗しい神様の長い髪が揺れる。艶やかな黄金の髪から光がこぼれ落ちる。群青色の瞳は冷たい美の光を放つ。

キラリ、青き愚か者よ。健斗の父親は息子の死を重く受け止め、苦難を受けると信じたのか？　父親が泣いたのは息子の死を悼んだからではない。おのれの立場を揺るがす一大事が起こったと悲嘆したからだ。しかしながら、父親は息子の自殺を隠蔽《いんぺい》することができた。政治界には工作を秘密裏に行う知能顧問が存在するものだ。自殺を事故にすることなど容易なことだ。

キラリは死神様のご命令に背いている。臨終を迎えようとする健斗に、生きろと叫んだ。任務に忠実な使者にはならないと断言している。しかしながら、死神様はそんな彼女をお許しになり、自殺する者の脳にこれからもお送りになるであろう。

キラリ、青き激情家よ。叫び続けろ。不可能に挑戦してみよ。その一心が死神様の決定すら変えると信じるがよい。

さて、未来永劫に消去されない記憶がキラリ、中村翼の魂にも存在している。彼女の魂が楽園に入ったとき、人間界における彼女の記憶はすべて消されたはずだ。しかし、人間界でもっと生きたいと願った記憶が彼女の魂に深く刻み込まれたままである。永遠に残る記憶は他の多くの魂にも存在していた。なぜなのか？　不可思議なことよ。

ところで、カマという使者。あれは一体何だ？　死神様があれを放置なさっている理由は何だ？　まあ、よい。すべてに意味がある。無駄《むだ》はない。

審判の神様は平伏している健斗の魂をもう一度ご覧になる。神様の唇がゆっくりと動く。彼の魂に判決を仰せになる。

「楽園に行くがよい」

地獄の門番長が提言したことを審判の神様はふとお考えになった。

「美しき審判の女神様、やさしい御方よ。恐れながら申し上げます。死神様が死を最終的にお定めになる前に、自らを殺《あや》める決意にまったく揺るぎがなかった者は罪深いと存じます。したがって、そのような自殺をした者たちの魂も、他者の命を奪った者の魂と同様、地獄に落ちるべきだとご提案申し上げます」

審判の神様は心の中で仰せになる。

やさしい御方か？　門番長も平気で嘘を申したものだ。私が残酷で不公平だと陰口を叩いている門番長よ、おのれの舌を抜くがよい。神に意見する傲慢な者よ、おのれの身を業火で焼くがよい。

魂が生前に犯した罪だけで私は判決を下さない。だから、極悪非道と呼ばれた連続殺人者の魂を地獄に送らなかったこともある。逆に、人間界で犯罪歴がなく、おのれは善人だと信じて生きた者の魂を地獄の底に突き落としたこともある。健斗の魂には楽園行きの判決を申し渡した。しかし、何もない、何も起こらない空間、いわゆる空虚地獄に自殺した魂を幽閉したこともある。

人間界に生きる者たちよ、群青界に来い。覚悟して私の前に現れるがよい。

著者プロフィール

磯路 範子（いそじ のりこ）

大阪府生まれ。
大阪府立大学農学部獣医学科卒。

群青界からの贈り物 —冷たい愛　レスト イン ピース

2022年９月15日　初版第１刷発行

著　者　磯路 範子
発行者　瓜谷 綱延
発行所　株式会社文芸社
〒160-0022 東京都新宿区新宿１－10－１
電話 03-5369-3060（代表）
03-5369-2299（販売）

印刷所　株式会社暁印刷

ISBN978-4-286-23749-7